时代的声音

尚书房

北京文学

重点优秀作品

鸭舌帽

尤凤伟 著

中篇小说卷

北京文学月刊社 主编

文化发展出版社
Cultural Development Press

图书在版编目（CIP）数据

鸭舌帽 / 尤凤伟等著．—北京 ：文化发展出版社有限公司，2016.9
（《北京文学》重点优秀作品 北京文学月刊社主编）
ISBN 978-7-5142-1490-1

Ⅰ．①鸭… Ⅱ．①尤… Ⅲ．①中篇小说－小说集－中国－当代
Ⅳ．①I247.5

中国版本图书馆 CIP 数据核字 (2016) 第 193534 号

鸭舌帽

尤凤伟 / 著

出 版 人：赵鹏飞
总 策 划：尚振山
责任编辑：曹振中 罗佐欧
责任校对：岳智勇 **责任印制**：杨 骏
责任设计：侯 铮 **排版设计**：麒麟传媒

出版发行：文化发展出版社（北京市翠微路 2 号 邮编：100036）
网 址：www.printhome.com www.keyin.cn
经 销：各地新华书店
印 刷：北京兴星伟业印刷有限公司
开 本：787mm×1092mm 1/32
字 数：108 千字
印 张：7
印 次：2016 年 9 月第 1 版 2019 年 2 月第 2 次印刷
定 价：39.00 元
I S B N ：978-7-5142-1490-1

◆ 如发现任何质量问题请与我社发行部联系。发行部电话：010-88275710

《北京文学》
重点优秀作品

（以得票多少为序，票数相同以发表时间为序）

【中篇小说】：《暗杀刘青山张子善》作者：李　唯

《朗霞的西街》作者：蒋　韵

《出门远行》作者：孙春平

《蓝名单》作者：杨少衡

《鸭舌帽》作者：尤凤伟

【短篇小说】：《火锅子》作者：铁　凝

《合作》作者：刘庆邦

《老爸的家庭会议》作者：女　真

《秘密》作者：霍　艳

《都市众生》作者：聂鑫森

【报告文学】：《低天空：珠三角女工的痛与爱》作者：丁　燕

《赶考——西柏坡感思》作者：李春雷

《探海蛟龙》作者：陈　新

《绝地上的诞生——一个令人发疯的科学神话》作者：陈启文

《落寞夕阳——中国农村留守老人现状采访记》作者：李琭璐

【散　　文】：《谁能够让你站起来》作者：张秀超

《命如蒿草》作者：赵　殷

《小孩，男人，狗》作者：袁劲梅

《亲爱的花朵》作者：安　然

【诗　　歌】：《且行且吟》作者：吴开展

《东方集》作者：黄　梵

《于坚的诗》作者：于　坚

【新人新作】：《二月里来好春光》作者：刘紫剑

《太平湖》作者：李学辉

《原点》作者：周建标

【转载作品】：《晚安玫瑰》作者：迟子建

《第四十圈》作者：邵　丽

《金山寺》作者：尤凤伟

《良霞》作者：李凤群

《世间已无陈金芳》作者：石一枫

《晚祷》作者：蒋　韵

《月煞》作者：孙　频

《种桃种李种春风》作者：余一鸣

《报道》作者：红　日

《莲露》作者：陈　谦

北京文学月刊社

2016年6月

前　言

文学照耀生活，精品点亮人生。

亲爱的读者，此刻呈现在您眼前的这套10卷本作品集，系我社举办的《北京文学》2013年～2014年重点优秀作品评选的上榜之作，囊括了两年间《北京文学》（精彩阅读）和《北京文学·中篇小说月报》发表的文学作品精华，包括

《北京文学》（精彩阅读）的原创中篇小说、短篇小说、报告文学、新人新作、散文和诗歌6大门类的25部优秀作品，以及《北京文学·中篇小说月报》转载的10部优秀中篇小说。这些作品，是经过《北京文学》编辑部严格把关、层层推选出来的。进入初评的候选作品，参考了作品发表之后的社会反响，如转载情况、读者反馈、文学界各方评价等,由《北京文学》编辑部集体讨论确定。终评上榜的优秀作品，由国内著名作家、评论家、编辑家组成的终评委，在集中讨论、充分发表意见基础上，现场无记名投票，按照得票多寡评出。这些作品，题材多样，风格迥异，内蕴丰富，精彩纷呈，作者队伍也实力强劲。在中篇小说、短篇小说、报告文学、散文、诗歌5个门类的30多位获奖作者中，既有铁凝、刘庆邦、迟子建、蒋韵、尤凤伟等知名作家，也有石一枫、孙频、霍艳、陈新等新锐作家，还有袁劲梅、陈谦等活跃的海外华人作家。

此前，《北京文学》曾以“《北京文学》奖”和“老舍散文奖”的形式评选奖励优秀作品，由于近年国家文化主管部门规范各类评奖，从本届评选开始，北京文学月刊社原有的“《北京文学》奖”和“老舍散文奖”合二为一，改为按年度划分的优秀作品评选，对优秀作品资金的扶持力度也大幅度提高。这套10卷本的优秀作品丛书，既是我社对2013年～2014年《北京文学》(精彩阅读)和《北京文学·中篇小说月报》发表作品的一次集中检阅，也是这两年间中国文学精品力作的一次集中呈现，值得广大文学读者阅读和收藏。

北京文学月刊社

2016年7月

目　录

暗杀刘青山张子善 |李　唯|

李唯，男，复旦大学中文系毕业，国家一级作家，天津文学院签约作家。现任中国电影文学创作委员会委员，中国作家协会会员，天津电影家协会副主席。创作长、中、短篇小说《腐败分子潘长水》《跟我的前妻谈恋爱》《一九七九年的爱情》《坐庄》等百万余字。获上海中长篇小说优秀奖、《北京文学》奖、《小说月报》百花奖、庄重文文学奖等。创作电影《黑炮事件》《美丽的大脚》《谁说我不在乎》《泥鳅也是鱼》《月圆今宵》《跟我的前妻谈恋爱》等多部，曾两次获得中国夏衍电影文学奖，获金鸡奖最佳编剧提名奖，改革开放三十年优秀剧本奖等。影片获得中国金鸡奖、百花奖、华表奖、大学生电影节奖，以及东京国际电影节大奖，上海国际电影节大奖。创作拍摄电视剧《坐庄》《千钧一发》《跟我的前妻谈恋爱》等几十部，多次获得电视飞天奖、金鹰奖。影视作品共三次获得全国“五个一工程”奖。

一、背景情况介绍

刘青山，男，曾任天津地委书记，卒年 37 岁；张子善，男，曾任天津地区行署专员，卒年 34 岁;两人因贪污，以及其他罪行，经时任中央人民政府主席毛泽东的亲自批示，河北省高级人民法院判处刘、张死刑，于1952年1月10日下午1时在河北保定市执行枪决。此案被后人称为共和国开国第一反贪大案。事隔59年后，即2011年5月，天津作家李唯领受写作任务，拟将此案创作电视剧《开国第一刀》(暂名)，特去河北省档案馆和天津市档案馆两地，调阅50余年前的封存档案。在浩如烟海的档案文字阅读中，在稍不注意就会滑过去的其中一本很次要材料的夹页里，李唯意外地读到了一段长达9页多的记录。这几页因年代久远墨迹已经消退淡化到快要认不出来的文字，记载了一桩当时此案的承办者和档案的整理者都认为不太重要，或者认为只是一个小小插曲的事件，所以他们会把这份原始记录随便塞在了这样一个很不起眼的角落里。这段记录显示：1950年1月，刘青山和张子善奉调进入天津正式主政天津地委和天津行署，国民党保密局华北地下工作站曾经招募过一名叫作刘婉香的特务对刘张二人实施暗杀。刘姓特务婉香一直将这一暗杀任务锲而不舍地执行到1951年秋天刘张被捕之后。在刘张被捕后数月内，刘姓特务婉香也被我公安机关捕获，后被处决。这9页多的文字，是刘特务的审讯交代，其叙述之翔实，已经足以让李唯对其暗杀过程充分了解。

以上是背景情况介绍。下面是李唯根据其了解写成的暗杀过程始末。

二、刘婉香其人

刘姓特务婉香，男，河北省获鹿县（今河北省鹿泉市——李唯注）上庄镇大宋楼村人，农民。在1949年4月以前一直在村里务农，种棉花，也兼做骟匠，替本村也为邻村乡民骟猪，以及骟驴和马牛。主要骟猪。挣一些工钱或者不挣钱就挣一点粮食回来，用以养家糊口。人粗壮，敦实，黑糙，周身没有一点温婉的地方。之所以叫这样一个妩媚的名字，是河北获鹿这一带的民俗。获鹿乡间很多男人都起女流之名，譬如获鹿曾经有一个著名的悍匪叫贺燕玲，就是男起女名。刘姓特务婉香粗通一点文墨，能写自己的名字，以及能写骟猪之后收到工钱的收条，尽管有错别字，但文理还算通顺，这一点对于他日后能被招募做一名特务起到了至关重要的作用：因为他能写情报。刘特务用来写情报的这一点文化竟然是得益于共产党和八路军对他的教育。获鹿县当时在大的范围内属于共产党的晋察冀根据地，但不属于那种牢固的根据地，是共产党和国民党双方来回占领来回拉锯的地方。在共产党占领获鹿的时候，共产党便给农民办扫盲班，刘婉香就是那时候参加扫盲班学文化的，他当时参加的目的就是为了日后骟猪挣工钱好写收条，当时也没想到日后会用来为国民党写情报跟共产党为敌。刘婉香在审讯交代中对我公安办案人员说："我对不住你们共产党教我认字儿！"这是交代材料上刘的原话，他说得很纯朴。刘特务虽然是特务，身上散发着农民的朴素，属于农民特务。

刘姓特务婉香在1949年以前绝没想到要当特务，他甚至都根本不懂"特务"这俩字儿是什么意思。事情变故是在1949年的春天，刘婉香给邻村的一大户人家骟一匹马，一匹口外的大菊花青，好马，因为手艺不精致，在摘除马睾丸的时候把刀子上的铁锈蹭进了伤口里，结果马感染了。几天后此马逝世，刘婉香便连夜离家逃跑，他怕主家让他赔马。刘婉香一直向北跑到了张家口，正碰上国民党保密局华北工作站在张家口满城贴着招募告示在招人当特务，那告示贴在学校，贴在饭馆里，贴在剃头店里，街头卖煎饼的摊子上也贴几张，还有贴在厕所墙上的，有点像现在到处贴着治疗尖锐湿疣和梅毒的广告，一切都在轰轰烈烈大张旗鼓地进行。本来招募特务这事儿应该是暗地里秘密运作的，而且人选通常也是精中选精然后加以严格训练，不能像现在这样，如煤矿在招挖煤的，这简直就像是在全面进行特务大招工。这皆因国民党即将溃败，共产党即将进入全国的城市和乡村掌握政权。尤其是华北，马上面临解放，国民党极需招募大量的人来对掌握政权之后的共产党进行捣乱和破坏。所以萝卜快了不洗泥，就只能像大招工一样地来招特务了。这其实就是在招募捣乱破坏分子。国民党为此还采取了有奖招特务的办法，譬如剃头店的剃头匠师傅能说动来剃头的去当特务，每募得一名，给一块银圆，每募得两名，给三块银圆。用现在的话说，再多给几个百分点。因此当时民间协助国民党招募特务的，众多！刘婉香就是站在小饭铺门前多看了几眼告示，他开始以为是小饭铺贴出来的菜谱，就被小饭铺里做饭的一把抓了进去，死死攥着不放手，像死死攥住了大洋钱，苦口婆心地劝说刘婉香去当特务。

刘婉香经过劝说后同意当特务。因为他在张家口要挣钱吃饭。当时张家口都有人开始吃蝙蝠了，这是由于解放军当时包围张家口，围而不打，城里肉畜能吃的都吃了，再没吃的了，蝙蝠好歹也是肉。刘婉香在张家口的日子过得很艰难。刘婉香同意当特务后，国民党方面对刘婉香等人进行了测试，毕竟这是招特务，无论怎样都要检测一下的。考试分知识问答和写应用文一篇，知识问答包括诸如“国父是谁”“三民主义是什么”以及“中国有多大”之类。应用文的写作是写借据一张，内容是跟邻居家借碗。国民党考虑到这些来当特务的大多是社会底层的贩夫走卒，因此出的题也尽量地平民化。对于“国父”和“三民主义”，刘婉香的回答是“知不道”，他在农村从来就没有听说过这两个词儿；对于“中国有多大”，刘婉香想了半天回答说：“比大宋楼村大。”他认为中国肯定要比他老家的村子大，这是毫无疑问的。至于是不是比张家口也要大，刘婉香不能确定，因此他没有把握地问国民党主持考试的人：“长官，中国是比张家口也大，对不？”国民党主持考试的人气得大骂，首先在语言上性侵刘婉香的母亲：“日……”又说：“中国要不比张家口大，中国又往哪里摆？就他妈你这种素质也来当特务！”刘婉香委屈地说：“长官你不要骂人嘛，我就是知不道，我才问你是不是比张家口也大嘛！”

刘婉香尽管不知道中国是不是比张家口大，但他的素质在来当特务的这些人里算是比较高的了，很多人比刘婉香还要更差，国民党骂他们骂得更凶。但国民党的长官在骂过这些人之后还是基本上全体给予录用，并根据人员的素质高低进行了任务划分。对比刘婉香还要差的，准备将来就派遣他们回街道进行潜伏，能在晚上溜出来贴个反动标语，能在街道里造点儿谣，比如说共产党要把女人的奶子都割了去造原子弹打台湾。这条谣言在建国初期的中国民间曾经广为流传，中国政务院（国务院前身——李唯注)在1950年9月21日的《人民日报》上都曾经正式辟过谣。另外还造谣说共产党的干部都喜欢耍派头背着手讲话，长期以来都习惯了，所以方便的时候也习惯地背着手，也不扶生殖器，所以都尿到鞋上了，脏，埋汰，不讲卫生，等等。这些特务都识字不多，造的谣文化含量自然也都不高，但总之能造点儿这样的谣，能败坏一下共产党，也有用。对比这些造谣者还要再差一些的，将来就派遣他们回各自的村里去当特务，当驻村特务，能在村里下药毒死两口猪，能在村头的水井里投点药，让村民们都跑肚拉稀，能放火烧几垄麦子，总之能给共产党添点儿麻烦，也是好的。国民党正值危难之时，正是用人之际，所以就不能太挑剔了。对刘婉香，国民党方面则另有考虑。刘婉香最突出的地方是在他的应用文写作上，就是写借据。刘婉香向国民党的长官提出他能不能不要写借碗，因为他没跟邻居家借过碗，他自己家里就有碗，他跟邻居借过玉茭子面，他请求写借玉茭子面，用文学创作的话说，刘特务要求写作应该来源于生活。国民党的长官同意了。刘婉香一会儿就写完了借据，其中夹杂着错别字："节（借）玉叫（茭）子面两升，等到收求（秋）还，到时候，有玉叫（茭）子就还玉叫（茭）子，没有，就还豆子。"国民党长官看完后高兴了，这在来应试当特务的人里语文程度是最好的，将来能写情报。刘婉香因此就算是比较优秀的特务，党国准备委以他重任。

刘婉香被确定录取为特务之后，国民党方面对刘婉香等录取者又进行了职业道德教育。所谓职业道德教育，大意是训诫刘婉香这些人说：既然来当兵，就知责任大，既然来当特务，就要好好当，要有职业道德，不能拿了特务经费之后一道金光就溜得不见了。国民党方面警告刘婉香等人说：如果卷款私逃，党国一定会再派特务去把你杀了。一拨一拨地派人去杀，直到杀掉你为止，党国有的是特务，我们的战友遍天下！刘婉香听得心惊肉跳，以至于后来他一直很有职业道德地做这个特务，从没有想过要拿了特务经费开溜。

进行完职业道德教育之后就是交代注意事项。国民党方面又告诫刘婉香等新特务们说：你们以后都是要打入共产党内部的。既然是要打入共产党内部，那么就要尽量做到和共产党员一个样，这样才能融入他们。既然是要做得像一个共产党员，那么有两件事情要特别注意，第一是不能贪腐，第二是不能淫乱，因为共产党特别强调反对搞这个。刘婉香等特务都不太明白，因为他们听不懂“贪腐”和“淫乱”这两个文化词儿是什么意思。国民党方面只好用这些贩夫走卒们听得懂的直白语言重新说道：就是第一不能贪钱，第二不能随便搞妇女，只能和自己的老婆睡觉，而且还要艰苦朴素，啥苦都是你先吃，啥甜都是老百姓先尝，这样才是共产党员！刘婉香等新特务们这才算有点懂了，然后都很感叹，说：做特务容易，做共产党员难啊！

进行完职业道德教育和交代完注意事项之后不久，张家口解放了，国民党工作站带着刘婉香等特务转入地下待命；又过数月，整个华北都解放了，国民党赶紧把招来的人都派遣出去，根据水平高低分别派遣到不同的地方去，像适合回农村去当特务的，就赶紧都让回村，去给猪下毒。对刘婉香，国民党工作站考虑了一下，最后就说，让他去天津吧。天津在共和国开国初期还只是河北省下属的一个专区，像今天的河北保定地区一样，位置并不算太重要。如果是要暗杀河北省委的领导，譬如是要暗杀当时的河北省委书记林铁同志，那就重要很多，那国民党方面就要派遣经过严格训练的专职特务去。而地区和县一级，因为专职特务太少，派遣不过来，只好派遣像刘婉香这样的业余特务去。国民党工作站的长官找刘婉香谈话，说：你去了天津以后，自己根据情况开展行动，贴标语散布谣言放火烧仓库都可以。如果能把共产党主政天津的长官杀了，在天津引起动乱，那更好不过了。同时告诉刘婉香：根据情报，共产党现在掌管天津的长官，一个是地委书记刘青山，一个是行署专员张子善，杀了这俩，党国有奖。

刘婉香提出了他的要求，说：那我要杀了这姓刘姓张的，我不要奖钱，这年头钱也不值钱，钱票儿都毛了，我要麦子。你们给我几车麦子，再雇车给我拉回获鹿县大宋楼村老家去。

国民党方面当即就说：可以给你麦子。麦子可以给你雇车拉回你老家去。杀了人就办。

刘婉香高兴了，说：那中，那我就去天津杀这俩孙子！

三、打入中共天津地委内部

刘婉香于1950年2月7日到达天津卫执行暗杀任务，先住在天津八里台的耀明旅社。耀明旅社在1964年拆了，现在是天津手表厂的所在地。刘婉香住下后，他便打听刘青山和张子善住在哪儿。要杀人总要先知道人在哪儿。刘婉香先向市民打听，见到街面上摆摊的、卖菜的、锔碗补锅的，甚至走道的路人，先向人家鞠一个躬，问一声大哥好，或者大姐好，然后问刘青山和张子善住在哪儿在哪儿办公，待问清后再上门去杀。这很不像一个特务的行径，倒很像是乡下人进城寻亲问道，但农民特务刘婉香确确实实就是这样开展他的特务行动的。刘婉香在天津八里台一带的大街小巷问了一个遍，可是这些市井小民都不知道刘青山和张子善在哪儿办公，很多人甚至都没听说过这俩人。解放军当时刚进城，百姓对于共产党掌管天津的长官都还很陌生。同时共产党有严格规定严禁宣传领导，不像现在，大力宣传领导是每个城市宣传工作者的职责，每个城市的领导都是这个城市最著名的人，再小的城市都自办电视台，电视上有三天不见领导的身影，百姓会以为是电视坏了。

刘婉香到处打听不着，很有些着急，后来他就想到去派出所打听，有点像现在说的有困难找民警。这是第一个特务去向共产党的警察部门求助的。刘婉香当时去的是天津南开公安分局八里台派出所。进到派出所里，一个当班的警察，脸上有道刺刀挑过的疤，很凶悍，一看就是刚从战斗部队转业下来的，正往墙上挂抗美援朝的宣传画。刘婉香向那刀疤脸的警察弯腰鞠一个躬，说："警察大哥你好，俺来问问这个刘青山和张子善——"话刚说到这，刘婉香猛然住了口，接着冷汗不由得冒了出来，他猛然想到自己是个特务啊！作为特务，自己咋能到共产党的派出所来问事呢？有特务来向警察打问的吗？老鼠舔猫腚，这不是来找死吗？刘婉香刚当特务，他的角色意识还不是很强，他常常就忘了他已经不是农民而是特务了。刘婉香想跑，但腿软得跑不动，哆嗦着站在那里，吓得一句话都说不出来。

那警察半天都听不到来人后面的话，很诧异，转过身来，看到的是满脸直淌汗的刘婉香，更诧异了，警察朝刘婉香走过来，问他："我刚才听你问刘书记和张专员？你找他俩干啥？有啥事？"

刘婉香魂飞魄散，接下来他的动作就是把手伸到了兜里去，把国民党发给他的特务经费都掏了出来，给那刀疤脸的警察放在桌子上，同时很实诚地告知：大洋原先一共有七块来着，这一路来天津，打车票，打尖住店吃饭，花了一些，还剩六块半，都在这儿了，一点都没向共产党隐瞒，现在全部上交给共产党！刘婉香创造了国民党的一项纪录：他成为国民党历史上投降最快的特务。刘婉香后来被捕，在审讯他的时候，还专门提到了这一段，说他当时以为一定会让共产党枪毙了。

接下来发生戏剧性的一幕是，那警察看到刘婉香掏钱，愣了一下，接着哈哈大笑。刘婉香在这儿有一个笨拙的错误，但这笨拙的错误却极其精明地挽救了他。刘婉香以为那警察已经看出来他是来杀刘青山和张子善的，所以他就赶紧上交特务经费，而没有交代他的行动任务，他认为用不着说。恰是他少说了这一句，那警察便以为刘婉香是乡郊的农民，是在乡里受了什么欺负，专门来天津上访的，之所以见面就掏钱，是要把钱给他，让他帮着去找天津最大的长官，要告状打官司！站在那警察面前的刘婉香彻头彻尾就是一个农民，穿着大襟黑棉袄，头上绑着河北白洋淀一带的羊肚子手巾，手上全是锄头把磨出来的老茧，脸上的层层皱褶里嵌着仿佛永远也洗不净的污黑，这完全是冀中平原上凛冽的风一年一年雕刻出来的，是半点儿也伪装不来的，这是连国民党自己招募这批特务时都没想到的一个优势。这批特务全都是原汁原味，天然朴实本色，完全不是后来银幕和戏台上的特务一律是贼眉鼠眼挂着特务相儿，因此反而具有很强的隐蔽性。甚至连刘婉香的惊慌和淌汗，也被那警察认为是老乡见了官差而本能地胆怯。那警察参军前也是种地的，对农民很亲，他忙把刘婉香掏出来的钱又给刘婉香装回兜里去，告诉刘婉香用不着！说有啥事情现在人民政府会给老百姓做主的。然后热情地告诉刘婉香：天津地委和行署就在天津杨柳青镇的石家大院，刘书记和张专员就在那里办公。那警察还给刘婉香画了地图，详细标好了路线，让刘婉香去找。

刘婉香宛若死里逃生！惊魂甫定之后，刘婉香出门去，用国民党发给他的经费在街上买了两斤桃子，回来要送给那警察，他要代表国民党谢谢共产党的帮助！刘婉香很实诚地让那警察把桃子收下。

那警察对刘婉香说："大兄弟，共产党有纪律，不拿群众一针一线，但我要不吃你一个，你会觉得我这人别扭，跟老百姓见外，那我就吃你一个桃！"那警察就捡一个桃吃了。吃完桃，那警察从自己的午饭饭盒里拿出一个馍来，又对刘婉香说："大兄弟，我吃你一个桃，你吃我一个馍。你要不吃，我不乐意！"那警察的馍里夹着肉末，天津人把这种馍叫作"肉龙"，比刘婉香一个桃要贵。

刘婉香吃着肉龙，哭了，觉得共产党真好！作为一个骟猪的农民，从来没有长官和军警对他这样过。他想起培训时国民党长官说的共产党不贪钱的训言，感觉说得真是没错！刘婉香走出派出所的时候，碰上天津的学生在街上游行，庆祝天津解放一周年，学生高呼共产党万岁，刘特务也由衷地跟着喊了几句。这是第一个国民党特务喊共产党万岁的。刘婉香认为共产党应该万岁。

刘婉香按照八里台派出所民警画的地图，顺利地找到了杨柳青镇石家大院，果然刚成立的天津地委和行署就在那里办公，一对石狮子的门楼前有卫兵站岗。找到了刘青山张子善吃住办公的地方，刘婉香却发起愁来，看着哨兵伫立的石家大院，他想自己要咋样才能混进去呢？要打入不进去，找到了又有什么用！

刘婉香在杨柳青镇上毫无头绪地转悠了大半天。下午，碰到了镇上的一个坐地户，刘婉香向他去打问和讨教进石家大院的办法。那坐地户说不能白问，要先吃喝。刘婉香愤怒地想这孙子肯定不是共产党员！在吃了刘婉香买的两个驴肉火烧和一碗驴杂汤后，那坐地户告诉刘婉香：想进石家大院，也不是绝对不可能的事儿，刚成立的地委和行署机关要招大量的勤杂工，包括扫地的、烧水的、值夜守更的，以及给食堂帮厨的，甚至还招专门灭白蚁的，大院里的亭台楼阁日子久了那木头都生了白蚁，总之要招不少人。负责在镇上招人的是庶务科的一位倪姓科长，倪科长就是杨柳青这儿的本地人，说话侉侉的，人黑胖，抽个旱烟袋儿，很好认。只要这姓倪的点头，事儿就能办。

刘婉香问：可我咋能让他点头呢？我又不是他啥亲的热的！

那坐地户点拨刘婉香道：使钱砸呗！钱使到了，他就跟你成亲的热的了。

刘婉香对此根本不信，尤其前面刚有了那共产党警察的榜样！刘婉香反驳那坐地户说：你说的这没用，共产党不贪钱!

那坐地户只是诡秘地笑，说：共产党和共产党还不一样，一棵树上结李子，有粉嘟嘟的，也有长了虫眼结疤瘌的，万一你就碰上个烂李子呢？你试试吧。

刘婉香没有别的办法，决定去试试。

第二日，刘婉香便在手里攥了一块大洋，到镇街上去等着。当那黑胖的倪姓科长叼着他的旱烟袋儿过来招人的时候，刘婉香挤进人群中去，按照坐地户教的，不由分说便先将大洋硬塞进倪的手里。倪横了刘婉香一眼，却把大洋又塞还给刘婉香。刘婉香以为是钱少了一点，狠狠心，又添了一块大洋，再次塞过去。倪这次竟然翻脸了，把大洋扔给刘婉香，当众臭卷了刘一顿，说：你以为我是窑子里的娘儿们啊，给钱你就能操我？说得那些来聘工的人都哈哈大笑。刘婉香被笑得一脸赤红，心想真是不该听那坐地户的，非要来考验坚强如钢的共产党，结果惹了一身骚！但刘婉香挨了骂还不走，这个倪是他眼下唯一的希望，走了他的任务怎么完成啊？刘婉香就站着等，他想等没人的时候再最后试试。等到倪招完了当日的工，人都散去了，倪走过来，看见刘婉香还站在那儿，手里还攥着那两块大洋，倪黑胖的脸笑了，说：

“你还真是个老鳖咬人不松口的主儿啊！那走吧，上家去坐坐。”

倪科长领着刘婉香回他家去。

倪的家在前面叫王庆坨的村子里，离杨柳青镇有个六七里地。到家的时候，倪的婆娘正在驴圈里给驴上药，见自家男人领着人来了，过来给客人沏一壶茶，又忙着去招呼驴，说驴这几天从地里往家驮玉茭棒子，打背了（指驴的脊背磨破了皮——李唯注），不紧着上药，要耽搁地里的活。刘婉香听着分外亲切，想起了他在大宋楼村农耕的日子，惊异地说：“科长，你家咋也过这种日子啊？”倪说：“农民嘛，日子不这么过咋过？”倪说共产党进城的干部，十有八九都是农民，家眷都是农村的，过的都是土里刨食的日子。刘婉香这时将那两块大洋送了过去，用农民之间的语言热热乎乎地说：“哥，我看你这日子过得也不咋样，这会儿没人了，你就收下吧！”倪科长看着那洋钱，从心里透出喜爱来，但却再次把钱推还给了刘婉香，说钱是真不能收！倪说他在晋察冀当兵的时候，连里有个司务长贪污了七角钱的伙食尾子，给查了出来，连长不说要枪毙他，在一回打仗的时候，连长就让他第一个往上冲，连五步都没跨出去，就让敌人的机枪打成了漏勺，等于是变相枪毙。共产党有铁的纪律，收钱是要掉脑袋的！倪转了一个圈儿，最后说："钱我是不能要，你要是真有心，这样吧，家里过日子有些杂七杂八的东西，你看着给添置点儿，就当咱是走亲戚你给送的。"

刘婉香心里咯噔一下，不知道倪科长想让他添置啥，要是让他买头驴呢？党国的经费里可没给买驴的钱！刘婉香小心翼翼地问倪家里都想添置点儿啥？哆哆嗦嗦地说他这就去买。

倪说："农民嘛，你给买个翡翠碗儿俺还不知是用呢还是供呢！"

倪说就给驴买副驴拥脖吧，一直就想买，可钱老不凑手。再给打一斤灯油，买个新的灯碗儿，就行了。家里的灯碗儿使了好多年，边都磕烂了，露出瓷碴子割手。

刘婉香万想不到，连说中中中！倪的行为让刘婉香心里对"共产党万岁"打了一点折扣，但刘婉香还是打心眼里认为，共产党真是比国民党强多了，共产党连贪污都是这么朴素！刘婉香随倪去了王庆坨的集上，拢共花了半块钱，买了驴拥脖和灯碗，打了灯油。倪让刘婉香给他送家去，说他自己要赶回地委去开会。刘婉香就又将这些东西给帮忙提到了倪家。倪的婆娘看着灯油、灯碗和驴拥脖，高兴死了，直笑得合不拢嘴。

刘婉香返回走到村口的时候，倪的婆娘又抱着个瓦罐从后面追上来，对刘婉香说："大兄弟，你就手再给买罐盐吧！"

刘婉香便又再花一角钱给倪家买了一罐盐。

就这样，刘姓特务婉香用一副驴拥脖、一个灯碗、一斤灯油和一罐咸盐，对共产党的干部贿赂成功，于第二天就走进哨兵层层把守的石家大院，被正式招录为天津地委机关庶务科的职工，在机关食堂做勤杂。刘特务在中共天津地委的宿舍里放下他的行李的时候，他自己打死也想不到，打入敌人内部会是这样的轻而易举！

刘婉香打入后，于次日去送情报向上级报告这一情况。送情报的地点在天津南市一家叫作"一瓣香"的茶楼，在茶楼的一处墙角，有一块活动的砖头，里面事先已经被掏空了，刘婉香只需把砖头抽出来把情报放进去再把砖头塞好，过后自然就会来人把情报取走。刘婉香写好情报后，去茶楼找机会塞进了砖头洞里。这份情报他写得依旧错别字连篇，让国民党的长官连蒙带猜才明白他是报告说他已经打入了中共内部，正在伺机准备行动。同时刘婉香在报告中还说他要给国民党的领导提一个意见，那意见归纳起来大意是说：俺们培训时长官说共产党都不贪钱，以后可别再这样瞎说八道了，一棵树上的李子还结得不一样哩！共产党的干部刚进城，贪污腐化还处于起步阶段，要的东西不多，但不多也是钱啊！我要不送钱我能打入共党内部吗？这样瞎说会误导我们这些在基层当特务的，会真的以为共产党的干部全都不贪钱，不敢大胆拿钱去活动，这样咋能办成事呢？咋能完成党国交给我们的光荣任务呢？刘婉香在报告中要求追加特务经费，要把准备给共党送礼行贿的钱预留出来。

上级回复说知道了，也没想到大陆沦陷以后共党的干部会有这些变化。上级说这种情况不光是天津一个地区有，各地的派遣特务都有这个反映，都感觉和培训时说的那些情况不太相符。国民党上级部门已经在根据新的形势变化商定新的应对策略了，已经在考虑要适当追加特务经费。上级让刘婉香先行动着。

刘婉香就先行动着。

四、第一次暗杀

刘婉香在石家大院一面做着勤杂，一面在寻找下手杀刘青山和张子善的机会。就在刘婉香即将行动之时，他突然发现他的整个行动有一个重大的缺陷：他没有杀心！刘婉香发现事到临头他却狠不下心来杀人了。尽管在理智上知道，拿了人家的钱就得给人家去杀人，但对这个之前即使动刀也只是杀掉过猪羊马牛生殖器的农民骟匠来说，真叫他为了钱以及还有几车麦子就去杀人，实在还是缺少情感因素的推力。刘婉香想：俺为啥要杀他俩呀？无冤无仇的！又没霸过俺的婆娘又没扒过俺家的房。这么杀人要遭天报应的！农民特务刘婉香在杀人之前被中华民族传统的农民习性而困扰，缺少一股推他下手的杀气。但在第十天的上午，这个困扰竟然意外地而且也是轻而易举就解决了。

第十天的上午，也就是刘婉香进入石家大院的第六天，他第一次见到了他的暗杀对象。刘青山和张子善前几日到石家庄参加河北省委扩大会议去了，故刘婉香没在大院里看到他们。刘婉香看到刚回来的刘青山人不胖，偏瘦，披个皮大氅。张子善要偏胖一些，也披个皮大氅，刘、张二人进城以后就开始一直披着皮大氅，他们即使在行刑被执行枪决的时候也披着这身皮大氅，这有保存至今的刘、张二人行刑时的照片为证，照片上两人就是披着皮大氅被押赴刑场的。据说这是河北省委当时特批的，因为皮大氅是狐皮做的，很贵重，河北省委保卫部曾经提出在枪毙时给这俩人扒下来，当时全国刚解放，共和国在各个方面都很艰难。但河北省委领导经过考虑后说："老刘和老张也革命这么多年了，论级别，也都是地师级干部了，临要走了，怎么也得有个待遇吧，就让他们披着吧。"干部就是死也是要分级别的。建国初期好多地市级以上干部都披个皮大氅，就好像现在好多地市级以上干部都坐奥迪，这是一种待遇和身份的象征。恰恰正是这两身皮大氅激起了刘婉香的杀气。在刘婉香的河北获鹿县老家，有钱的富绅也都穿皮大氅。那个让刘婉香去骗马，后来又追杀他的地主就披着一件跟刘青山一样的皮大氅，领子也是红狐皮的，在雪天像一道火焰在烧。刘婉香说他第一眼看见刘青山就像看见了那个地主！好多干部进城以后都把自己穿得跟地主老财一样。刘婉香被捕后在审讯他时交代说："我当时一见刘青山和张子善披着大氅，其实俺跟他俩也不认识，可不知咋的，我当时就想掂把刀把他俩捅了！"刘婉香说，他忘不了那年他去骗马，大冷的天，他握刀的手冻得都裂了口子，他唯一取暖的方式就是把冻裂的手浸到新鲜的马血里去泡一下。主家当时就披着那一身红狐领的皮大氅站在一旁看，还拿脚踹他，不许他用马血泡手，说他磨叽耽搁时间，让他快一点儿。说天太冷，要把马冻坏了！所以当刘婉香第一眼看到刘青山和张子善披着皮大氅从石家庄开会回来走进大院的时候，他心里咔嚓一下，竟然如释重负，所有良心上的牵牵绊绊都消散了去，他觉得他可以心安理得地杀这两个人了。这很有一点像 2007 年宁夏青铜峡黄河古渡口发生的一件事：一辆党政机关的奥迪车不慎掉进了黄河里，车里的领导朝岸上大呼救命，河岸上黑压压地站了几百个老百姓，几百个老百姓无一人伸出援手，众人皆静默地看着奥迪车和领导一点一点地被黄河吞没。这几百个老百姓根本就不认识那位领导，谈不上对他有任何具体的爱恨情仇，他们对于要救还是要弃那位领导的决断完全出自那辆奥迪车，他们都认得那个身份地位的标志。那是一次老百姓集体心安理得地杀人。

刘婉香杀心已起，剩下的问题就是怎么杀了。

刘婉香经过反复琢磨，决定大院开饭的时候杀刘青山和张子善！

刘婉香的这一暗杀方案源自他十分熟悉共产党八路

军开饭的情形。刘婉香曾经在他的老家大宋楼村无数次见过八路军开饭：到了开饭的点儿，当官的，当兵的，都伙在一堆儿蹲在地上吃，吃食就放在地中间，一大盆菜，熬白菜或是熬茄子，都是些糙食，玉茭子面贴饽饽放在笸箩里，就着菜吃。八路军的首长吃饭顺带还要研究工作，几个人单另蹲在一块儿吃。警卫员就用小盆盛了那熬白菜或者是熬茄子过来放在首长面前，有时还拿几棵洗净的大葱，再端来一碗腌好的虾酱，让首长沾着虾酱吃。这就是共产党当官的比当兵的待遇特殊一点的地方了。刘婉香就计划在刘青山和张子善面前的小菜盆，或者是虾酱碗里，投毒下药。开饭时院子里闹闹哄哄，人都走来走去的，要乘机下药很容易。共产党的长官很好暗杀，比国民党的领导好杀多了。刘婉香在大宋楼村也见过国民党的部队开饭，国民党当官的从来不和当兵的蹲在地上一块儿吃，只有共产党才讲官兵一致！

当刘婉香按照他的方案将要实施暗杀时，才发现他的方案根本就是错误的。

刘婉香发现共产党也开始官兵不一致了！刘青山和张子善早已不和底下的群众蹲在地上一块儿吃饭了，他们俩在大院中的一个小跨院里单独吃饭。菜也早就不是小盆盛的熬白菜和熬茄子了，大酱沾葱倒也还吃，但那只是鸡鸭鱼肉山珍海鲜吃得太油腻时清淡一下口味。有专门的厨子为他们做菜，厨子是天津鸿宾楼的厨子，给下野在天津卫做寓公的前民国总统曹锟做过菜，分工负责管后勤的张子善专门让倪科长把他招进了天津行署。因为那厨子仗着有手艺，提出不愿当一名普通职工而要做一名领导，张子善就安排他当领导。又因为行署其他各科室的岗位都有了人，只有宣传科还空着一个位置，张就让这厨子当了宣传科副科长。这宣传科的副科长不认得字，只负责给刘、张两人做饭。

如果只是刘青山和张子善单独两人在小跨院里吃饭，那刘婉香还是有下手的可能，但刘婉香经过几天暗地里的观察，他发现刘青山有一个近乎病态的嗜好：刘极其喜欢热闹，他吃饭时尤其不能忍受寂静，他经常是一吃饭就要从天津市里找唱戏唱曲儿的来，让唱戏唱曲儿的给他唱。他要唱着吃。所以刘、张一吃饭身边就围起一大帮人，让刘婉香根本没法靠近去下毒。刘青山还有一个特点：他叫人来唱，却从来不叫唱京戏的来，他只叫那些唱评剧的唱坠子的唱大鼓的来。刘青山有一个原则，据说，他曾经多次对他的下属们说过："京剧那是国剧，叫唱京剧的来唱，那是毛主席叫的，我级别不够，我不敢，我老刘就听个梆子坠子啥的吧。”刘青山还说过：“在天津，毛主席老大，林书记老二，我老刘老三！”刘所说的林书记，就是当时的河北省委书记林铁，刘青山脑子还没有彻底昏聩，还知道不能僭越毛泽东以及他的主管省委领导去。又据说，刘青山当时说完这句话后，看了一眼旁边坐着的张子善，他觉得这么说有些不妥，就又改口说：“我和张专员老三！”刘青山的这些话在档案中是有记载的，但不是出自对特务刘婉香的审讯记录，而是出自刘青山本人的检查，档案中有很多材料是刘青山和张子善的检查和交代。刘青山的这份检查是直接写给毛泽东的，其中的一段原文是：“毛主席，进城以后，我个人主义膨胀昏头了，说过，在天津，毛主席老大，林书记老二，我刘青山老三！其实我刘青山算个什么！在我上面，还有朱总司令，还有周副主席，还有林总，还有高副主席（指时任中央人民政府副主席的高岗——李唯注），还有很多很多首长，我个人主义这么膨胀必然要犯错误……”这份刘青山呈送给中央人民政府和毛泽东的检查就保存在档案里。至于毛泽东本人是不是看过这份检查，不得而知。

刘青山顿顿吃饭都要吃得这样热闹，刘婉香起初认为是刘青山进城以后地位高了开始讲排场了，但刘婉香后来发现不完全是这样。有一天刘婉香亲眼看见，一个唱西河大鼓的一连唱了好多个曲子，唱得声音都劈了，实在是不想再唱了，就由拉胡琴的班头站起来对刘青山说："刘书记，今天实在是嗓子塌了，您让我们回去歇歇，过几天再来伺候您老。"刘青山一下火了，把筷子摔在桌上，唱西河大鼓的和拉胡琴的吓呆了，接下来大家都认为刘青山会下令把那班头抓起来，但刘婉香接下来却看见了让他瞠目结舌的一幕：刘青山哭了。让人胆战心惊的刘青山像个小孩儿一样哇哇地哭，哭得十分委屈和伤心。刘青山委屈而又伤心地对那帮唱曲儿的哭诉，大意是说：1943 年和 1944 年，鬼子几次扫荡冀中根据地，他一连几个月都藏在地道坑里，或者是躲在老乡家的夹壁墙里，大气不敢出，怕外面的鬼子听见响动。每次吃饭，都不敢用牙齿嚼，怕牙齿嚼谷物会弄出声音来，他每次吃饭只能用舌头和上颚把饽饽硬给磨碎咽下去，四周静得能听见壁虎爬墙的声音，简直都要把他憋疯了，以至于后来吃饭四周一安静他就胃痉挛，胃像锯子拉肉一样地疼！他那个时候疼得窝在夹壁墙里曾经发过誓，发誓等革命胜利了，有一天，他再吃饭，要热热闹闹地吃，要响响亮亮地吃，要喊着吃，要唱着吃，要欢天喜地地吃！刘青山对这帮戏子这么不理解不体谅他而十分恼火和伤心。刘婉香听见刘青山大骂那个班头说：“现在革命胜利了，我们把天津卫都打下来了，天津卫都是我们的了，我不过就想好好吃口饭难道就不行吗？过去鬼子不让我好好吃饭，欺负我，现在你们也欺负我！你们就跟鬼子一样！娘的我把你们都毙了！”他一边骂，一边委屈得眼泪哗哗流。

张子善也出来批评那帮唱曲儿的。张是文人，不像刘青山那样粗猛，他说：“你们这帮旧艺人啊，确实像毛主席说的需要改造旧思想，一点阶级感情都没有！刘书记为革命出生入死，不过要你们唱唱戏，你们还这么惹刘书记生气！”

那帮唱曲儿的不敢再有一句佞言，只有赶紧紧锣密鼓地再唱。

刘婉香看得叹了一口气：刘青山这是在战争中落下病了，是病人，也挺可怜的。

刘婉香一连观察了六天，直到确定他完全不可能实施原来的暗杀计划，才决定彻底放弃。他十分地懊丧，给上级又写了一份情报，再去天津南市“一瓣香”茶楼把情报塞进了砖头洞里，报告他第一次暗杀失败。这份报告，刘特务照例又写得错别字连篇，照例又让国民党的长官连蒙带猜才明白了意思。刘婉香报告的大意是说：

“报告长官，共产党进城以后，刘青山和张子善，这俩孙子，开始变了，吃饭要人伺候，还要叫人来唱。吃得也好，尽是肉，菜里头油也大，香，隔老远都能闻到味儿，比过去的地主都阔。过去共产党的长官很好杀，现在不好杀了，像刘张他们这样的领导都腐败了，他们要是不腐败这次就死定了，是腐败保护了他们，我再想别的法子去杀，0471。”

刘婉香的代号是 0471。

刘婉香送出情报后，就在大院里继续观察寻找机会，准备实施第二次暗杀。

五、第二次暗杀

刘婉香又经过数月的观察，终于发现有一个很好的机会可以杀掉刘青山和张子善，这让他兴奋不已。刘婉香发现刘青山和张子善都暂时没有带家眷！当时解放军的部队刚进城，一切作风都还在战争状态，而共产党的干部行军打仗从来没有带老婆的。这一点，共产党尤其和国民党不同，在国民党内，官做到了刘青山和张子善这一级，没有不带家眷的，家眷还要勤务兵伺候着，一行动一大嘟噜人。这一点对于刘婉香实行暗杀计划非常关键：要是刘青山和张子善晚上睡觉身边还躺着个老婆，要不要连他们的老婆也一块儿杀呢？要是一刀捅不死两个人咋办？要是那个没捅死的嚷起来又咋办？这都是麻烦事儿！一个人睡那就好杀多了。刘婉香决定等晚上刘青山和张子善睡了，伺机潜入各自睡的厢房，实施第二次暗杀。刘婉香庆幸刘青山和张子善在这一点上还保持着共产党艰苦奋斗的作风，心想真是谢天谢地！

刘婉香的二次暗杀方案定下，他首先要做的就是再次向倪科长行贿。

在刘婉香的这个暗杀方案中有一个不可缺少的重要环节：刘青山和张子善住在跨院的东西厢房，在东西厢房旁边有一间堆放杂物的耳房，无人居住。刘婉香必须要事先住到耳房里去，这样晚上就能直接从耳房溜到厢房去行刺，而不必经过警卫班战士住的大屋，这样能确保行动安全。但刘婉香要搬进耳房去住，必须经过庶务科的倪点头同意，刘婉香就准备再像上回那样给倪家里买点杂七杂八的东西送去。

刘婉香于是在一个白天蹭到倪身边去，山南海北乱聊了一通，而后拐弯抹角地提出他想住到那间耳房里去，耳房清静。刘婉香说他跟勤务班还有炊事班的人都睡在一个大屋里，闹，他晚上睡不着。提完要求，刘婉香亲亲热热地搂着倪说："叔，咱家的灯油该打了吧？我打了给婶子送家去。我再给婶子捎罐盐。我估摸着咱家的盐也快使没了。"

倪却翻脸了，掰开刘婉香搂着他的手说："打鸡巴的灯油！"

刘婉香吓了一跳："咋，那耳房不让住？"

倪说："咋不让住，空着也是空着！"

刘婉香小心翼翼地想问个究竟："那，叔，那你又是为啥呀？"

倪说："你说的话我就不乐意听。打灯油，买罐盐，你真把我当要饭的了！"

刘婉香松了一口气：原来倪是嫌少了！刘婉香爽气地说："叔，咱家还缺啥，你说，我给买去！"他想撑破天了给倪家买头驴！五六个大洋能在杨柳青集上牵一头回来。为了暗杀能成功，刘婉香想大不了他再向上级申请行动经费去。

倪沉吟了片刻，说：“刘婉香，你要有心，你给我买块手表吧，那耳房你就长期住着。”

刘婉香结结实实地吓了一巨跳：一块手表，在天津劝业场买，那最少也得三十块大洋啊！才几个月前，一斤灯油，一个灯碗儿，一罐咸盐就乐不可支的倪科长，咋就……咋就“进步”得这么飞速呢！刘婉香说话都结巴起来：“科长，这、这、这，这么大一笔钱，你不是说咱共产党有纪律，收钱要杀头的吗？”

倪很不屑地嗤了一声，说：“大领导们都收钱收礼，我凭啥不能收！”

倪说这些日子以来，刘书记和张专员隔三岔五就让他开着机关的吉普车去石家庄，给省委各部门的头头脑脑送礼。有些是刘书记和张专员特意要送的，更多的是部门领导自己向刘、张开口来要的，都觉得刘青山和张子善这俩家伙如今进了天津卫，大天津多阔气呀，就像进了大商场，啥东西没有啊，不跟这俩小子要还跟谁去要啊！这些部门，有的是天津地委和行署的上级主管，有的是协作单位，譬如电力局，刘书记和张专员一个都得罪不起！

倪的这个说法在刘青山、张子善一案的档案材料中有记载。档案中保存着刘青山张子善交代的送礼清单，大到像冰箱，50 年代的一个冰箱相当贵重值钱了，是美国生产制造的，只有天津的资本家用得起。小到像天津的毛线、烟酒、家具，都有。送礼的对象包括当时河北省委的最高领导，省委书记林铁，以及其下多人。刘青山和张子善被执行枪决后，林铁的爱人弓彤轩，在 1952 年的《人民日报》上发表文章，题为《检讨我接受刘青山、张子善礼物的错误》，向全国人民公开检讨。这么多这么贵重的礼品，刘青山和张子善的工资自然买不起，他们只有去贪污。从某种角度来说，刘青山和张子善最初走上贪污道路，是被逼的！刘青山一度非常痛苦，档案中有一份张子善写的交代材料，原文写道："……有一天，刘青山拿着一瓶酒来我的屋。我们俩喝着酒，说到贪污挪用修河经费的事（那是刘青山张子善第一笔贪污挪用公款——李唯注），刘青山哭了，他对我说：'子善，我们两个学坏了呀！'我当时心里也很不好受，我说确实是学坏了！刘青山又哭着说：'子善啊，我们两个对不起党啊！'我说确实是对不起。我问刘青山：'那咋办呢？'刘青山一个劲儿地喝酒，说：'只能是继续对不起党呗。不然，我们两个又有啥办法呢……’”

刘婉香和刘青山一样也没别的办法，他只能向上级打报告要求追加经费给倪买手表。

国民党上级接到刘婉香依旧是错别字满篇的报告，于四天后回复，让刘婉香去天津小白楼百货商场正门，面见他的直接领导，领取追加的行动经费。

与刘婉香单线联系的上级领导是个卖梨膏糖的。领导在当特务之前就是卖梨膏糖的，如同刘婉香过去是个骗匠被招募做了特务，领导过去卖梨膏糖，而后也被招募做了特务。国民党的长官看他做小买卖比较会说话，脑子要灵活一些，又是天津卫本地人，就让他做了刘婉香的领导，算是小组长一级的干部，领导着刘婉香和另外一个卖煎饼果子的特务。卖梨膏糖的领导在商场门口跟刘婉香接上了头，把国民党特批下来的三十五块大洋小心翼翼地交给刘婉香，而后咂巴着嘴，很不忿，又充满羡慕地说：“早知道，俺们都到共党那边当干部去了，比俺们当特务挣钱可容易得多了！”

卖梨膏糖的和刘婉香办完接头，而后，作为领导，最后总是要对下级作一些指示的，不作指示体现不出领导的风范来。于是卖梨膏糖的又指示刘婉香去杀刘青山张子善的时候，身上要裹块烂布，要不血都溅到衣服上了，不好洗，糟践了衣服。刘婉香回答说他知道了，说他早就想好到时候要弄块烂布缠在身上，不会把衣服糟践的，谢谢领导的关心。两个特务都是穷苦劳动人民出身，一身粗布衣服对他们是很金贵的，所以爱护衣服对于他们就是重大话题了。卖梨膏糖的做完指示，俩人要散。如果不是刘婉香临走时随手的一个动作，这次接头很顺利，但就因为刘婉香这出自农民本性的一个举动，致使这次接头险些酿成这两个特务的当街被捕，使整个暗杀行动险些灰飞烟灭。

刘婉香临要走时，从领导的梨膏糖挑子上掰了一块塞进嘴里，说："闹块糖吃！"而后就嘎巴嘎巴地嚼起来。

卖梨膏糖的领导不高兴了。他很不高兴刘婉香吃他的梨膏糖。领导并不是个小气的人，几块梨膏糖也不是什么金条翡翠，但皆因这一挑子的梨膏糖是领导全家人目前的生活来源，一家人的吃喝挑费全要靠这梨膏糖卖出钱来。领导家的生活如此困难，是由于国民党在各地的派遣特务有不少都碰到了像倪科长的这种事情，行贿的费用大幅度增加，弄得国民党的财政非常地紧张和困难，国民党保密局在大陆的各个工作站已经好几个月都发不出工资来了，只好拖欠着。在中国，历来有拖欠工资的传统，从过去拖欠特务的工资，到现在拖欠农民工的工资。卖梨膏糖的领导由于领不到工资，又要把特务事业继续进行下去，所以只好重操旧业来维持生计，所以领导看到刘婉香吃他的梨膏糖，等于是看着刘婉香把他一家老小的棒子面、劈柴、煤球、咸菜等都嘎巴嘎巴地吃下去，心里当然不高兴。

刘婉香看到领导不高兴了，一般人看到自己的领导不高兴了就会停止动作，如果刘婉香这时停止惹领导不高兴，那么后面的凶险就不会发生。但刘婉香不，刘婉香看到领导不高兴，他也不高兴了，心想：我为你们国民党去杀共产党，一犯事儿我脑袋就没了，到那时候你就是让我去吃王母娘娘的奶我都没嘴去叼了。现在不过闹你块糖吃，看你那脸吊得跟驴屎一样黑！我偏要吃！刘婉香就又从领导的挑子上掰了一块吃起来。

领导自然更加地不高兴了。但领导这时候还忍着，还给刘婉香讲道理，领导毕竟是领导，要有肚量一些。领导给刘婉香讲了一通道理，用书面语言翻译过来，大意是说：0471 啊，你看你已经给党国造成很大的困境了，你的经费已经严重超支了，你看你这次申领的经费，真正花在行动上的钱，比如买把刀，买根绳子什么的，只有块儿八毛，而去行贿送礼，倒有三十多块！这种计划外的开支竟然占到了百分之九十多！这种计划外的开支一多，就弄得党国的事业无比艰难。不反共吧，不行；要反共吧，成本太高！害得我们国民党开展工作都没有经费了！现在弄得我这个领导都要开展生产自救来完成党国大业！0471，你说你这时候不和党国同舟共济共渡难关也就算了，你还要吃我开展生产自救的生产资料，你还有没有一点觉悟？

刘婉香对于领导的训诫丝毫不以为然，刘婉香虽然也是特务但是个群众特务，群众的觉悟总是一直比较低的，从过去大陆未沦陷到现在大陆沦陷了之后都是一样，刘婉香毫不以为然地想：你党国的大业关我个鸟事儿！你没钱就不要反共嘛！你杀鸡煺毛还要先烧壶水呢，何况是反共！另外刘婉香也充满着委屈，心想：我够老实的了！我给你们党国报账都是实报实销！比如说买刀去杀人，我花一块钱买的我就说一块钱，我要说花了一块五你们党国又到哪儿查去？其他的特务谁不报假账？刘婉香越想越委屈，越委屈就越赌气就越要吃领导的梨膏糖，他抓起那糖就没完没了地吃起来。

卖梨膏糖的领导彻底火了，彻底没有了作为领导的气度，不再给刘婉香高屋建瓴地讲道理，又恢复了当领导以前做市井小民的习性，当街骂起娘来，骂得很泼皮。刘婉香更是回到了他以前骟猪时的德行，更加泼皮地和领导对骂起来。两位特务都在语言上相互性侵对方的母亲，而后又延展到性侵彼此的姥姥和祖奶奶："日……"两个特务都骂得非常地难听。

领导后来一个大耳刮子就抽到了刘婉香的脸上。

刘婉香急了，一脚就踹到领导的十二指肠上。

两个特务就在天津的大街上打起来，打得头破血流。

距此 58 年以后，在天津市南开区富康路天津档案馆的阅读室里，李唯在档案卷宗里看到这一段的时候，曾经一度犹豫过要不要把这一段打架的事摘抄下来带走(档案馆规定档案不许复印、不许拍照，但可以记录要点——李唯注)，因为这一段太像是假的了！写到文章中太像是编造的了。两个特务，因为吃几块梨膏糖，在闹市的大街上当众打架，这在世界特务史上恐怕是绝无仅有的事儿，听上去太过离奇。但这一段往事在档案中又是确确实实记载着，档案中有一份材料原文是这样的："……我那天去小白楼领钱，老魏（指和刘婉香单线联系的那个卖梨膏糖的特务组长——李唯注）挺不高兴的，见面就说我，说我钱花得多，送礼要花这么些个钱，干正事儿反倒花得少，这么干，党国日子都过不下去了！我不爱听他叨叨，就成心掰他的糖吃。老魏更不高兴了就骂我，又动手打我，我就拿脚踹他了。这事儿不是我先动手的。后来解放军就过来了。”这是刘婉香交代这件事的原话。这非常不像在说特务的行动，倒像在说市井小民之间的磕磕碰碰。李唯后来忽然悟道：或许真实的谍战其实就是这样的，其实也就是一段段也充满了柴米油盐的生活流程，倒是后来的那些谍战书籍和戏剧反倒把生活写假了，写成了不像是人在干的事情。李唯悟到之后，忽然就对眼下多如过江之鲫的谍战作家们不那么十分崇拜了。

档案中刘婉香交代此事的后续发展是这样的：刘婉香和老魏在街上厮打，当时天津刚解放，还在实行全城戒严，街上有解放军的卫戍部队在巡街。刘婉香远远看见解放军巡街朝这边走过来，解放军这时候也看见他们两个人在打架了。刘婉香这时越想越火大，心想我为你们国民党干事儿，钱挣得不多还要挨你们打骂，妈的这个活儿不能干了！刘婉香就朝解放军喊起来，指着老魏嚷："快来逮特务呀！他是特务！我也是特务！俺两个都是特务！"刘婉香想破罐子破摔，就让解放军把他们俩都抓去好了。解放军听到嚷叫就朝这边跑过来。老魏当时就吓呆了，呆若木鸡。解放军听到喊声加快跑过来，其中一个负责的班长，操一口东北话，这是林彪第四野战军入关的部队，瞄瞄刘婉香和吓呆了的老魏，说："老乡，以后再嚷嚷，说点新鲜的！"然后不耐烦地摆手让刘婉香和老魏快走！刘婉香傻了，非常地想不通，心想共产党咋连特务都不抓了？后来刘婉香被捕后才了解到：解放军那些日子都要烦死了，常有人在街上拦住他们，说自己是特务，或者说是国民党哪个部队流落到天津的散兵，奉命要在天津搞破坏，要求解放军把他们抓了去，其实就是天津的无业游民想到看守所去白吃饭。于是刘婉香和老魏就让解放军驱赶了去，一场眼看就要发生的凶险就这样消弭于顷刻之间。

老魏死里逃生后，对刘婉香服了，被刘婉香彻底治服了，他抓住刘婉香的手连连说："老刘老刘老刘，我刚才骂你，还跟你动手，对不住，实在是对不住！实在实在实在地对不住！"说着，让刘婉香吃梨膏糖，随便吃！

刘婉香就吃那糖，不无得意，说老魏："你这个货，不这么治你就不行！”

老魏的领导派头再也没有了，一个劲儿地服软："对对对！我就得这么治！”而后又小心翼翼地恳求刘婉香道："老刘，你看，咱钱领了，糖也吃了，那党国交代的任务，咱还是得完成，你说对不？”

刘婉香态度也和缓下来，说："对嘛，你要是这么好好说话，那俺也不是个难剃的头。”

刘婉香答应回去继续杀刘青山和张子善。

刘婉香将三十三块大洋买来的手表给了倪科长，顺利地住进了那间耳房。待暗杀的一切准备都停当后，在1950年4月6日深夜1时左右，刘婉香从耳房里溜出来串到刘青山住的厢房房檐下，在他要拨开厢房的门闩潜入时，突然听到有人声从屋内传出来！刘婉香先暂停了动作，从窗户缝朝里面窥视。接着，他看见的情况让他一时间发蒙愣住了，那是他事先绝对始料未及的：刘青山的屋里还睡着另外一个人！

刘婉香认出那是刘青山的警卫员小邓子。

刘婉香看出刘青山已经有些酒意了，大概是晚饭时喝了一些。刘青山带着酒意在骂小邓子，他让小邓子赶紧走，不要在他的房间里待着！刘青山说他已经烦透了和小邓子住一个房间，他要一个人住。刘青山醉意浓浓嘟嘟囔囔地说，他作为天津的地委书记，他想一个人住间房，谁又能管得着呢？刘青山好像是为此憋了满腹的火气，说到火大时，声色俱厉地命令小邓子快滚，立刻，迅速，马上！让刘婉香诧异的不是刘青山斥骂小邓子，首长斥骂下属，尤其是生气了斥骂自己的警卫员通信员，那是很正常的事情。让刘婉香大感诧异的是小邓子的嚣张！小邓子非但没有听从刘书记的命令赶紧出去，而是居然不耐烦地斥责刘青山："老刘，行了！赶紧睡吧！喝点儿猫尿，看你那点儿出息！"刘婉香隔着窗户缝看得瞠目结舌，他都快要分不清这究竟是警卫员小邓子在跟刘青山说话，还是省委书记林铁在跟刘青山说话。

让刘婉香更诧异的是刘青山对小邓子斥责他显得无可奈何，这完全不像平时在地委大院里一跺脚就地颤的刘青山。刘婉香听见刘青山在提一个女人的名字，焦什么兰，刘青山央求小邓子去把那焦什么兰给他叫来。小邓子断然拒绝，说老刘你这是想搞破鞋，不去！小邓子还笑嘻嘻地说：你让我去找上官云珠我就去。上官云珠是当时著名的电影演员，而且人在上海。小邓子分明是在调笑他的书记。刘青山喝大了，低声下气地再三央求小邓子去叫那焦什么兰过来，而小邓子则坚持说除非让他去找上官云珠。

刘青山真火了，解下皮带就抽小邓子，吼叫着让他快去叫！

小邓子则是一把夺过皮带，一皮带就把刘青山抽到了床上去，也吼叫道："刘青山！你赶紧睡觉吧！"居然把刘青山按在床上，强行扒去刘青山的衣裤，让他睡觉。

刘婉香看得眼睛发直，他知道今晚是杀不了刘青山了，只能先暂时悄悄离开。

刘婉香第二日整天都处在焦灼不安中，满脑子都想着这有悖常理的事情，想不明白。他必须尽快了解清楚小邓子和刘青山究竟是一种什么样的关系，小邓子何以竟敢如此胆大妄为！而且，最为重要的是要知道小邓子是偶尔在刘青山那儿住几夜，还是要长期地住下去？这对于刘婉香能不能实施他这次的暗杀计划至关重要！挨到了傍晚的时候，刘婉香实在想不出别的办法了，就下决心冒一次险，拎了一瓶酒，串到了倪科长的宿舍去，与倪山南海北地乱聊。最后小心翼翼拐弯抹角地转到了这上面来，谎称自己昨晚后半夜起夜上茅厕，路过刘书记的屋，耳朵里听到了这一幕。刘婉香战战兢兢地问倪：

"小邓子，那小狗日的，是咋回事呀？敢对刘书记那样？胆子够大的呀！"

倪丝毫没有察觉刘婉香问话背后藏着的诡计来。倪戴着刘婉香送的手表，感觉刘婉香就是祖国最可爱的人。对于刘婉香的惊愕，倪早就知道情况似的微微一笑，说：啥小邓子胆大，屁！要是搁在平常，借小邓子一百个胆子，他连对刘书记大声说话都不敢！倪告诉刘婉香：这是刘书记让小邓子这么做的。是刘书记命令小邓子晚上就住在他房间里。刘书记还告诉小邓子，如果他要是发火让小邓子走，小邓子可以抗命，偏不走！刘书记还说，如果他要是骂小邓子让他滚，小邓子可以反骂他。如果他要是喝多了打小邓子，小邓子可以反过来抽他，直到把他抽清醒。刘书记警告小邓子：如果㞞包草鸡了，不敢这么做，不敢坚决地待在他房间不走，他就开除小邓子，让小邓子回老家种地去！

刘婉香老大地不明白，说："那刘书记这是……这是因为啥呀？"

倪诡秘地一笑，悄悄地说：因为女人。

倪说：刘书记和张专员进城以后，做了大天津的领导，那女人呀，说得好听一点是蜂啊蝶的，说得不好听就是苍蝇蚊子，一拨一拨的，一片一片的，都扑过来了。有为入党的，有为提干的，有为让刘张批条做生意弄钱的。天津有个女商人叫张文仪，见天就在刘书记这里泡着。刘婉香听到的那个焦什么兰，她名叫焦翠兰，是地委宣传部的干部，她想当宣传部的副部长，整天去刘书记那儿纠缠刘书记，说刘书记要是把她提起来，她一定会把工作干好，一定会为歌颂党，歌颂社会主义，歌颂天津的工作，做出更大的贡献。说得一套一套，云山雾罩的。刘书记有时也跟焦翠兰调笑。据说有一次，刘书记对焦翠兰说："小焦，现在这儿就咱们两人，又不是开会，你说这些官话套话干啥！你说点儿实在的。要是我把你提起来了，你准备咋谢我呀？"于是焦翠兰就不再说官话套话了，很直率地说："刘书记，我让你搞！"刘书记倒脸红了，说："你这个女同志说话咋比俺们当大兵的还粗！"红着脸走了。堂堂的刘书记倒让焦翠兰吓跑了。

倪说：但是刘书记也想搞啊！刘书记也是人啊！刘书记三十来岁正当年，身强力壮，他也想搞妇女啊！但是刘书记克制自己不能搞啊！一是刘书记在河北省委有个老领导，叫张春城，告诫过刘，说这些女人都是看上咱们的职务才黏过来的，说得难听一点就是把裤裆的东西来卖给咱的，就看你用国家的啥来买了。张春城警告刘书记千万别舒服了小头而掉了大头，就是说别最后让党砍了咱的脑袋！二是刘书记跟他的爱人感情不错。刘书记总觉得她一个人带着两个孩子（当时刘青山最小的三儿子还没有出生——李唯注）不容易，他要是在外面搞这些事，对不住媳妇儿。

倪最后对刘婉香说：因此小邓子就是刘书记的长城防线！明白了吗？

刘婉香明白了，同时也明白他的第二套暗杀方案是彻底杀不了刘青山了。

刘婉香想了几天，后来决定，还是去杀张子善吧。要是能得手，好歹也算是杀了一个行动目标。刘婉香觉得领了国民党这么多的行动经费，要是连一个人都没杀了，挺对不起人家的。刘特务身上还是有着农民的厚道。

翌日，还是深夜一时左右，刘婉香溜出耳房，潜到张子善厢房窗根下，用刀尖拨开门闩潜入厢房的外屋，当他手提尖刀要进一步潜进张子善睡觉的里间屋时，猛地一下刹住了脚，刘婉香发现里屋张子善的床上睡着个女人！隔着里间的门，刘婉香看不见人，但他能听见那女人的声音，莺莺燕燕地，从里屋飘出来，很是妩媚。从语气上，刘婉香判断出这不是张子善的老婆，是姘头，因为他听见那女人喊张子善“张专员”，老婆不会这么喊。刘婉香听见那女人说：“张专员，你尿不？”大约是问张子善性交完了之后要不要小解，要小解的话就把尿盆给他端过来。那姘头对张子善倒是体贴得很。刘婉香听见张子善说他不尿，很黄色地说他该尿的都尿完了。而后张子善说：“小肖，咱俩都拢在一个被窝里睡了，你咋还喊我张专员呢？以后没人的时候你就喊我老张。”那姘头低声地笑，改了口，和张子善躺在被窝里说闲话。那姘头说：“老张，你属啥的？”张子善说：“我属马，比刘书记小三岁，刘书记属兔。”那姘头又笑，不说话，光笑。张子善问：“你笑啥呀？我属马，这很好笑吗？”那姘头笑笑说：“老张，我看你是属驴的，见到漂亮女人就起骚。你们好多领导见到女的都起骚，要么不查，一查，身边都姘着女人。我看你们领导都挺驴的！现在就刘书记还扛着。老张，你在这一点上咋不向刘书记学习，做一个你们开会时讲的那种共产党员呢？”刘婉香听见张子善也笑了，跟那女人推心置腹地说了好大一通话。张子善有鼻息肉，鼻子不通，说话瓮声瓮气的，有些话刘婉香听不清楚，但大致意思能懂。张子善的大致意思是说：学啥呀，刘书记早晚也是扛不住的。为啥腐败那么多，怎么整治都整不住，因为腐败是件舒服的事儿，人能抗得住舒服吗？你说当领导的都挺驴的，没错，但这不能全怨领导。解放了，干部们都进城了，掌权了，共产党不再是过去山沟里的土八路没人搭理了，女人都嗡嗡嗡嗡地贴过来了，女人成天在身边这么来回晃着，把干部们的病都勾起来了。要想扛住不去搞女人，真的是挺难的！就好像放着厕所不让用。所以好多干部都出去找女人了，女人这个时候就等于是给咱们干部治病哩。张子善最后总结说："女人，那是干部们的药啊！"

刘婉香听见张子善对那姘头笑着说：你这味药我得长期使用啊！

那姘头说：那你得付药费……

刘婉香只能从张子善这儿也悄悄撤退了。

刘婉香确定他又一次杀不了刘青山和张子善，于是再次写情报向上级报告第二次暗杀行动失败。刘婉香在情报里说：共产党进城掌权之后，情况变了，女人的问题出现了，再也不是过去行军打仗睡大炕时光棍一条的八路军了，实在是不好杀了。这次没杀成确实是不能怨他！云云。

国民党上级部门回复说可以理解，说我们国民党就是让金钱和女人搞垮的，才丢了江山的，共产党正面临和我们国民党同样的局面。国民党上级指示说：不管怎么样，杀人才是硬道理！让刘婉香锲而不舍，继续坚持，把党国的暗杀任务进行到底。

刘婉香就按照上峰的指示在大院里再次寻找机会，伺机再次进行暗杀。

六、第三次暗杀

在接下去的几个月，刘婉香天天在大院里暗地观察着刘青山和张子善的动静。有一天，刘婉香突然发现他的暗杀目标不见了！石家大院里一连好多天都没有再看见刘青山和张子善，俩人住的厢房也上了锁，那些一到开饭就来唱梆子唱曲儿的粉头们也都不来了。开始刘婉香还想，是不是刘张又去石家庄河北省委开会了，过两天就会回来？但刘青山和张子善始终都没有再回来。刘婉香开始着急了，他再次拐弯抹角地去向倪科长打问。从倪嘴里问到的情况让刘婉香汗毛倒竖起来：原来刘青山和张子善是嫌石家大院的住宿条件不好，杨柳青又是郊区，什么好玩的都没有，日子过得清汤寡水的，已经干脆住到天津市里去了。而且一住就进了天津的五大道。五大道是天津过去的租界地，那一片地界都是过去天津卫下野官宦军阀商贾的别墅洋房，俗话说北京的四合院天津的小洋楼，刘青山和张子善到五大道住小洋楼去了，再也不回石家大院了！

刘婉香不禁急火攻心，简直都要急死了：暗杀目标都见不着了，这可怎么杀呀！

刘婉香必须尽快找到能再次和刘张近距离接触的机会，他当下唯一的办法就是要打入刘张住的小洋楼里去！刘婉香从倪科长嘴里打听到一个情况：倪说他一星期要去那小洋楼里两趟，去给刘书记送酒。刘青山喝酒只喝四川的曲酒，庶务科专门到四川泸州买了一批老窖来放在大院的库房里，倪过几天就得送几瓶过去，刘书记是顿顿要喝的。刘青山克制自己不乱搞女人，只在吃喝上放松自己，让自己也享乐一下。一是他总要有个管道来释放一下人的欲望，二是刘青山看到在他的四周，从上面的省委到下面的县乡村镇，上上下下左左右右，大家都在吃喝，找各种机会以各种名义来吃喝，因为中共从来没有仅仅因为吃喝就撤职查办严惩过任何一个干部，从建国伊始到现在连一例都没有过。因此任何一个干部也就从不惧怕中共三令五申严禁公款吃喝的各种禁令，那些几十年一贯制颁布下来的禁令成了田里的稻草人，吓唬鸟的，因此中国就成了公款吃喝的超级大国。刘青山也就觉得吃喝这种事没啥大不了，是周围的现实告诉刘青山：吃吃喝喝，这个错误，可以犯！刘青山因此得以放纵。刘婉香想让倪把给刘青山送酒的差事给他，这是他能够顺理成章混进小洋楼里去的唯一机会。

但是这样就又得向中共的倪去行贿！

刘婉香真切地感受到了做这一行的痛苦，他想，干特务工作真是太难了，每往前迈一步都得行贿，不行贿就办不成任何事！刘婉香盘算着，上回给倪买了块表，这回送的礼肯定得比表贵，不然满足不了倪，就像老百姓说的：现在比物价涨得还快的，是领导干部贪污的增长速度。刘婉香决定给倪的婆娘买个戒指送去，他去金店看过，买枚戒指得六十块大洋，比上次行贿贵一倍！刘婉香硬着头皮去找卖梨膏糖的老魏接头，要求追加这笔特别行动经费，老魏脸都绿了，骂骂咧咧的，说再这样下去国民党真是要被拖垮了！还说只要中共的干部继续这样受贿下去，就能最后彻底消灭国民党，解放台湾，实现两岸统一，哪用现在这么费劲儿！老魏真是国民党的特务，说话十分恶毒。老魏说这么多钱他做不了主，他得去请示他的上级。最后，国民党保密局京津冀绥远地下工作站经过再三研究，还是认为杀人才是硬道理，克服重重困难，从其他费用中硬挤出六十元来交给刘婉香，买了一枚大粒的黄金戒指给倪送去。倪是农民，他认为戒指越大越重越黄就越好。

倪科长见到大而沉并且黄灿灿的戒指，果然高兴得不得了，把戒指放在嘴里又咬又舔进行检验，他确认是真货后，把戒指又递给刘婉香，说：给你嫂子送家去！

刘婉香不去接，说：科长，东西又不沉，你自个儿给嫂子戴上，不是很有爷们儿面子吗？

倪说：就是要让外人送去！让娘儿们看看，她男人，在外头，连大金镏子都有人送，那才真有爷们儿面子哩！

刘婉香就笑，心想：这老王八蛋，贪不说，还要在婆娘面前显摆！刘婉香接过戒指，说：那俺就给科长送家去！家不是在王庆坨吗，上回去过。

倪却诡秘地笑，说：不是那地儿了。

刘婉香说：换地方了？又搬到哪儿了？

倪的笑更诡秘了，笑里面还透着得意和陶醉，悄声细语地对刘婉香说：不是换地方了，而是，换人了。

刘婉香意想不到惊愕地叫出声来：啊！科长，你也……在外头挂上相好的了？

倪说：领导都能整相好的，我凭啥不能？我向领导学习！倪说的是张子善。倪拍拍刘婉香的肩膀，脸上洋溢着只有新婚燕尔才有的幸福，看出倪的这个相好他才搞上没多久，正在新鲜劲头上，倪嘱咐道："给你新嫂子送去。"

刘特务只有去给倪新挂上的姘头送戒指，这是国民党特务的新业务。

倪的姘头是天津红桥区的一个底层街道妇女，姓名不详，户口簿上的名字是何张氏。倪虽然在外头挂相好，但是他很讲究度，倪平时聊天跟人说过：领导搞的都是女学生女干部，都是高级人儿。我级别不够，我不能越过领导去，啥事都得讲长幼尊卑先后次序，我就凑合着找个底下的吧。于是倪就找了这个街道上的何张氏。何张氏不认识字，但认得黄金，见到刘婉香送来的金戒指，高兴得都要疯了，这是她生平第一次穿金戴银，这在过去的旧社会像她这样的劳动妇女是连想都不敢想的事情！何张氏很感谢刘婉香，待问清来人是姓刘时，何张氏很诚心很实在地对刘婉香说："刘同志，尽管你是看俺们家老倪的面子来送我戒指，但俺还是要好好谢谢你！俺也拿不出啥好的来谢，俺也是个实在人，不会说那些个虚头巴脑的。这样吧，俺和你们科长相好，你要是也想乐呵乐呵的话，那你也来。"何张氏说着就宽衣解带，要感谢一下刘婉香。刘婉香吓了一跳，一时迟疑着。刘婉香也很想做性事，自从他来到天津当特务，已经好几个月了都没有碰过女人。但刘婉香还是克制住了。刘婉香想：他要是和这个何张氏搞了，万一哪天她嘴一松，露给了倪科长，那一切事情就彻底砸了！刘婉香想到党国的任务，克制住自己，婉拒了何张氏，说："大姐，谢谢你了，你是俺们领导的人，我哪能不尊重领导呢！"何张氏说："刘同志你不搞啊？那行，我可是实心实意想要谢你的，是你不让谢的。"刘婉香说："是，是我不用你谢的！"何张氏却接着说："刘同志，虽说你不让俺谢你，但有句话俺还是要跟你说。"让刘婉香没有想到的是何张氏把那枚戒指又还给了他，说："刘同志，老话说，送人要送双，送双心意长！你单给俺送个戒指，俺看你对俺们家老倪还是不够实心！"何张氏说，如果刘婉香真是有心的话，就再给她买条金项链，和这金戒指配成双，要是就单送个戒指，她不要。

刘婉香简直傻了，何张氏，这娘们儿，是趁机在敲他啊！刘婉香攥着戒指发蒙地走出何张氏的家。走到大街上，他不知道往哪里去，就在马路牙子上蹲下来发呆。刘婉香不知道该怎么办了。再买一条金项链，少说还得再花几十块大洋，这咋再开口去要啊！刘婉香觉得他再没法向国民党去张口要钱了，买戒指的钱还是国民党工作站从牙缝里抠出来的呢，再去要钱，国民党肯定跟他急了！说不定国民党根本就不信这项链是行动对象开口要的，还会认为是他刘婉香想乘机敲诈党国一条金项链哩，一急之下，把他杀了都难说！可是，如果不给何张氏买这条金项链，倪就不会把他调进小洋楼去，他拿了国民党的钱买了戒指，却连暗杀目标都接近不了，党国不是更要杀他吗！刘婉香越想后果越严重，心如刀绞。刘婉香想起当初倪的婆娘开口向他要东西，才不过要一罐咸盐，这才没过多长时间，就贪成了这样，这腐败的速度也太快了吧，还让不让人活了！国民党特务刘婉香发愁地在马路上哭了起来。

刘特务被逼哭了。

刘婉香哭着想：实在没有办法，那就只有去偷了。

刘婉香被捕后在审讯时交代：1951 年 2 月前后，因为没钱给倪科长的外室买项链，他只有去偷猪卖。他只会偷猪，别的不会，和猪打交道是他擅长的。他在地委机关食堂先拿了馒头，用酒泡了，揣在兜里，又利用他在石家大院当勤杂工的便利，把大院里运垃圾的架子车也偷了出来，到杨柳青周边的村子里去偷。他有本事嘴里“啾啾啾”地叫，就能把肥猪引逗得自己一路小跑过来，这都是他过去骗猪时学来的。而后他就喂那跑过来的猪吃泡了酒的馒头，让猪醉倒，扛到架子车上拉到杨柳青街上的肉铺去卖。有时也拉到天津市里做肉罐头的厂子去卖。一头猪能卖一块半到两块大洋。为了能快挣钱，他也偷过驴、马和骡子，这些大牲口卖的钱多。到凑够买项链的钱，他就不偷了。去村里偷这些牲口是很危险的，他光让狗就咬过三次，最惨的一次是让一只大柴狗一口就把腿肚子上的一块肉撕扯了下来，他去给何张氏送项链的时候，腿上还裹着纱布，走道一瘸一拐的。

何张氏戴上了金戒指和金项链，高兴惨了，倪科长再来跟她睡觉时，她主动对倪说：“老倪，你要不给人家刘同志办事，你没良心！从今往后你个老东西不要再来睡我！”

倪科长抱着何张氏说："你放心吧！"

倪第二日就把刘婉香的工作从扫地掏茅厕的勤杂升格调整为内勤，把他调到刘青山和张子善身边去工作。又过了几日，让刘婉香万没想到的是：倪又把他发展入了党，让他成为一名共产党员！倪同时还兼着庶务科的党支部书记，负责发展党员的工作。倪按照何张氏的嘱咐，要好好感谢一下刘婉香。

成为共产党员的国民党特务刘婉香就顺利走进了天津大理道 1 号。

大理道是天津著名的五大道之一，大理道 1 号是直隶北洋军阀蔡成勋的旧宅，刘青山和张子善最初搬来五大道就先住在这栋别墅里。蔡成勋，字虎臣，在 1921 年靳云鹏出任北洋政府国务总理时，被靳任命为陆军总长，相当于全国陆军总司令。蔡总长的别墅是一座中西合璧建筑，占地 2100 平方米，青砖红瓦，亭台楼阁，屋内却又是法式风格，樱桃木的地板，荷兰孔雀石的壁炉，极尽奢华。刘青山住二楼，张子善住三楼，一楼住着警卫、秘书、内勤，以及厨师们。刘青山和张子善把在石家大院给他们做饭伺候他们的全套班子又都带到这儿来了。刘婉香第一次被倪科长领着踏进这里，一路看过来，都看傻了，像是踏入了仙宫。进到大得像跳舞厅一样的厨房，处处美轮美奂，刘婉香顺手从碗橱里取出一个小碗来看，他看那小碗白亮白亮的，迎着阳光一照，像棉纸一样地透，很是好看。倪一回头，看见了，慌得像看见刘婉香要杀人一样地奔过来，接住那碗，小心翼翼地又捧回碗柜里去，骂刘婉香："你要死啊！"倪说这是皇上用的，是宫里的东西，是溥仪被冯玉祥撵出紫禁城，来到天津下野，从宫里带出来的。后来溥仪在天津人吃马喂，钱上出现紧张，就开始变卖带来的家产，这套餐具就是蔡成勋从溥仪手里买来的。倪说这碗是和田玉的，当初在宫里，一个，就值七十两银子，要买米，能买一大船！倪骂刘婉香，说刘书记和张专员现在就用这碗吃饭呢！你要是失手打烂了一个，首长不骂死你！刘婉香吓了一大跳，他倒不是怕刘青山张子善会骂他，而是怕他一松手，一大船的米就全淹到河里去了！

刘婉香后来知道，刘张变得这样奢华讲究，跟女商人张文仪有关。刘青山和张子善那时已经开始和张文仪合伙做生意了。刘张挪用公款贪污搞钱主要是张文仪和她丈夫从中穿针引线的。张文仪不断介绍天津卫地面上的各路商贾大亨给刘青山张子善认识，刘张也就不断地在大理道1号别墅里广宴宾客。刘张需要通过和这些资本家做生意来帮助他俩洗钱。这也是刘张决定从土砖土瓦的杨柳青石家大院搬到这小洋楼里的缘由之一：他们需要一个能和资本家打交道的高级平台。和资本家打交道，房子要精致，饭菜要精致，盛菜盛饭的碗碟要精致，吃饭的人也要精致。刘青山和张子善都生平第一次穿起了西装，打起了领带，倪科长还特地给刘青山弄了一副钻石袖扣别上，让刘书记一挥手，一道晶亮，凌空闪过。

但刘婉香发现刘青山其实并不喜欢这种生活。

刘婉香在大理道1号没办法大便，因为蔡公馆楼上楼下的厕所里都是西洋的抽水马桶，而刘婉香从出生到现在，一直都是蹲着拉野屎的，坐在抽水马桶上他拉不出屎来。憋得实在难受，刘婉香就趁一清早公馆里的人还没起床，手里掂把工兵锹，溜到蔡公馆的花园里去，在桃红柳绿中找个角落，拉一泡野屎，而后用锹挖个坑，埋了。刘婉香天天这样解决拉屎的问题。这一日的清早，刘婉香又掂着铁锹去方便，待他蹑手蹑脚溜到平时出恭的地方，一看，魂飞魄散，像看见了炸弹，吓得他转身就要跑。

刘青山也蹲在花园里在拉屎！

刘青山看见刘婉香惊吓得要跑，忙喊住他，问清刘婉香也是来拉的，刘青山说他也是坐在抽水马桶上拉不出来，也是没办法溜到这儿来解决的。刘青山让刘婉香悄悄的，别嚷，说他一个党委书记，在公馆的花园里拉屎，嚷出去，让天津人民知道了，形象不好。刘青山悄声地邀请刘婉香："一块儿拉吧。正好你带着锹，一会儿把我的屎也埋了。"

刘婉香就战战兢兢地蹲在刘青山旁边和他一块儿拉屎。

刘青山拉着屎，骂蔡成勋，说："狗日的反动派，造个大房子，让劳动人民没法拉屎嘛！"刘青山说他带兵打仗几十年，从来都是在野地里蹲着拉野屎的，就是进城到了石家大院，那茅厕也是蹲坑，啥时候坐着拉过屎！刘青山诉苦说，他住进这蔡公馆，一切都要照洋规矩来，装模作样的，用现在的话说就是整天装逼，都要把他憋死了！但是，难受也得忍着，没办法不装逼。刘青山感慨地说："还是过去打仗受苦的时候痛快啊，没这么多的鸡巴事儿！"

刘青山拉完屎，在地上捡一块土坷垃擦了屁股，顺手也给刘婉香捡了一块，让刘婉香拉完也用这个擦。刘青山说，在野地里拉野屎，还是用这个擦着痛快，感觉是那个劲儿！

刘青山对刘婉香说："别忘本。"

刘青山悄悄溜回公馆里去，一进门，就又是戴钻石袖扣的刘书记了。

刘婉香看着刘青山离去的背影，觉得他其实也挺可爱的，他都有点儿舍不得杀刘青山了。

刘婉香在大理道1号一面给刘青山张子善来来回回送酒，跑前跑后地伺候他们，一面四处观察寻找着下手杀他们的时机。半个多月以后，刘婉香确认这里是杀刘青山和张子善的最佳场所，再没有比在五大道这里展开暗杀行动更容易的地方了！刘婉香制定了一份详细的暗杀方案，向国民党保密局上级进行报告。这份报告刘婉香整整写了四天，因为要说的话比较多，有好多字他不会写，需要画符号来代替，因此就写得很慢。四天以后，刘特务这份错别字连篇加各种符号的情报完成送了出去，让国民党的长官犹如看天书一般，连蒙带猜，看了差不多整整一天，才大致明白了刘特务的意思，创造了国民党特务史上写情报和看情报最长时间的纪录。

刘婉香的方案，归纳起来，大体意思是：首先，要在大理道1号别墅附近再租一套别墅。刘婉香说他通过十多天来的侦察，发现大理道48号的房子很合适。48号是军阀买办陈光远的别墅。陈光远是天津武清县人，1918年当过江西省的督军，后来又做买卖，全国有名的开滦矿务公司都有他的份儿。陈光远家的这座洋楼比蔡成勋家的还要大还要阔气。陈光远在1939年死了以后陈家就开始败了，子孙们把家产都差不多变卖光了。现在，陈家的后人想把这最后的一套别墅也租出去换钱，这是党国趁机租下这套房子的最好时机。为什么开展暗杀行动要先租房呢？而且为什么要租这么高级的房子呢？因为现在刘青山和张子善，这两个暗杀目标，他们就住得很高级！刘张现在的生活水准已经进入很高级的层面了，我们国民党必须要跟他们对等起来。只有租下48号那样的别墅，我们的特工才能伪装成大老板大资本家住进来，才能和刘青山张子善交上朋友，才能经常把他们请到家里来吃吃喝喝，才能同时再找些女的来陪他们吃喝，玩儿。如果刘张想和这些女的睡觉，那更好，就让她们使劲儿去睡，刘和张，特别是张，喜欢这个，肯定会来睡。只要刘张肯过来吃饭睡觉，那就绝对有机会在48号杀了他们！刘婉香说他已经初步接触了陈家的后人，陈家后人开的租金是每月 1000 大洋。另外，既然我们的特工伪装成了大老板大资本家，那么除了租房子，总还要再雇些厨子、花匠、拉包月的车夫、老妈子什么的，不然跟身份不相符。雇这些人，加上吃喝挑费，怎么着也得每月再花个四五百大洋的。资本家嘛，出手不能太小气了。像刘青山张子善如今在大理道 1 号请客，一顿饭的钱，都得在几百至一千大洋上看！刘婉香说只要我们党国也把钱花到了，把饵料投放够，肯定能把刘张钩了过来，保证圆满完成暗杀任务！

国民党上级的批复在几天后来了，上级的回复很简洁，就一句话，如下：

“太贵了，杀不起！”

国民党极其困难紧张的行动经费，实在担负不起中共暗杀目标的腐化程度，因此没有批准这次暗杀行动。

七、第四次暗杀

第四次对刘青山和张子善的暗杀，是在刘婉香的方案被否决的五个月之后，这次行动是台湾国民党保密局总部亲自部署的。之所以国民党保密局最高层要直接指挥对刘张的暗杀，是因为刘张的情况突然发生了很大的变化，引起了包括蒋介石在内的国民党高层的高度重视：1950 年年底，中共决定在天津杨村修建军用机场，这是中共建国初期在华北修建的第一个军用机场，目的在于拱卫京畿，一旦发生战争，天津北京近在咫尺，战机可迅速升空，取得北京地区的制空权，保卫中共中央首脑机关，具有极其重要的军事战略作用。而负责修建杨村机场土建工程的总指挥正是刘青山和张子善！中央军委把修建杨村机场特别是土建部分的任务交给了天津地委和天津行署。刘青山和张子善的名字因此摆上了国民党最高层的桌面。台湾保密局郑介民局长亲自指示：不惜代价，杀掉中共修建杨村机场的负责长官，想尽一切办法进行破坏，阻挠和拖延该机场的建成。命令于 1950 年 8 月下达到保密局大陆京津冀绥地下工作站，同时特别行动经费也于当月一起下拨。

任何事情，只要领导一重视，那就好办了，这对于国民党和共产党都一样。国民党工作站接到总部的指示后，特别是拿到了钱，工作热情和积极性高涨，经反复研究权衡，最后决定采用刘婉香上次被否决的方案，下决心租下天津大理道 48 号陈光远的住宅。而后派特工人员伪装成从关外绥远来天津做生意的皮毛商人，住进陈家，设法接近1号的刘青山和张子善，伺机对其进行猎杀。六天以后，一名叫高长捷的专职特工火速从包头来到天津，以绥远皮货贸易商行董事长的身份租下并住进了大理道48号，开始全面筹备部署。高长捷在潜入天津的当天就召见了刘婉香，高给刘婉香的任务是让他务必能在大理道1号别墅站稳脚跟，以便在暗杀行动展开时，起到内部策应的作用。

刘婉香同意当策应，但他向高长捷提出了要求，要求高长捷先给他三十块大洋。说既然这回咱们党国的财政上拨钱了，那么他也要求增加他的行动经费。刘婉香说他能不能在大理道1号站稳脚跟，不被撵回杨柳青石家大院去做勤杂，他自己说了不算，这得中共的倪科长说了算，所以他得再向倪去送礼行贿。刘婉香说他这回准备给倪买双皮鞋，加上买鞋油什么的，差不多就得三十大洋。

高长捷一听，急了，说刘婉香：你怎么又要钱啊！据工作站说，你前几个月不是刚给中共的行动对象花一百二十多块大洋买了金戒指和金项链吗，怎么又要去行贿？这频率也太高了吧？难道中共的干部整天不干别的光贪污吗？

贪心，贪个灯油咸盐啥的，也是穷得当当响。他不断向他周围的干部学，现在赚得是盆满缸满，那我为啥不能向人家中共的倪学，也想法子去弄钱呢？所以刘婉香就决定，只要有机会，他也贪污！

国民党特务刘婉香在不断向中共行动对象的行贿中，他自己也学坏了。

在接下来的时间里，刘婉香和高长捷分头抓紧行动。根据档案记载：国民党中校特工高长捷于 1951 年 8 月 9 日正式入住大理道 48 号之后，随即，一批招聘的厨师、司机、保姆、门房等雇员也都入住了陈公馆。高长捷还于入住的次日去物色了将来行动可能会用到的女色，一共五名，各有其娇媚，对这些女色都提前预付了定金，以便随叫随到，不耽误到时候使用。待一切准备工作都落实了之后，高长捷又秘密来跟刘婉香接头，再次给刘婉香布置任务：让刘婉香提供刘青山和张子善从 8 月 7 号到 8 月 14 号这一个星期晚上的日程安排，以便于高长捷选择最合适的一天对刘张展开行动。

刘婉香回去后拐弯抹角从倪科长那里套出了高长捷所需的情报。根据倪所提供，刘青山和张子善只有 8 月 11 号的晚上有空，而这一星期的其他晚上，统统都安排满了饭局。刘婉香把情况报告了高长捷。高长捷于是决定就在8月11号晚上行动。天津有个风俗，在搬进新居时要请邻里和好友来新居吃饭玩乐一下，天津人把这叫作“暖居”。高长捷决定就以暖居的名义邀请邻居刘青山和张子善来48号赴宴，席间以女色环绕左右，如果能将刘张留宿，那最好不过，在香熏温软之中，将其杀掉。高长捷把两份请柬交给刘婉香，叮嘱他务必要在8月11日一早把请柬当面交给刘青山和张子善。

在刘张专案的档案材料中，有一份刘婉香的审讯交代，专门提到了8月11日这一天的情况。刘婉香交代说：1951年8月11日，在这头一天，也就是8月10号，他回杨柳青给刘青山和张子善取酒去了。蔡公馆里的酒又喝完了，因为天天有宴请，那酒下得很快。第二天，8月11号，刘婉香带着酒从石家大院坐地委的吉普车来到大理道1号，一走进蔡公馆，他人整个傻了：公馆人去楼空，刘青山和张子善人没了！那些秘书、警卫、厨师统统也都没了。连倪科长都不见了！整栋小洋楼里只剩下一个看门的门房。那门房刘婉香是认得的，姓张，是杨柳青镇张家窝村的人，被倪科长招了来看门。刘婉香急忙去问张这是咋回事啊？老张说：刘书记和张专员昨晚连夜就走了，不知去哪儿了。走的时候慌里慌张的，好像是逃跑，也不知道出了啥事。刘婉香顿时慌了，且百思不得其解，按刘青山的说法，在天津卫，毛主席老大，林书记老二，他刘青山老三，到底发生了什么事，是谁这么大的牛，要让刘老三都惊慌失措地连夜逃跑呢？难道是毛主席来天津了吗？

刘婉香顾不得特工秘密接头的纪律，没有事先约定，出门直接就蹿到48号，去给高长捷报告。48号陈公馆里，这时为迎接刘青山张子善晚上的到来，一切都在紧张地进行，厨房里烹炸炖煮，烟气弥漫。那些女色也来了，都在描眉画鬓，往脖颈以及胳肢窝等部位一个劲儿地扑香粉，弄得都跟粉蒸肉似的，准备将中共领导一举拿下。高长捷猛一听这个情况，也傻了，整个人呆若木鸡：都准备到这个份儿上了，菜都下锅了，粉头们都扮上了，箭在弦上，怎么能出这种事呢！菜可以浪费，粉头婊子们也可以来日再扮上，反正功能随时都在，问题的关键在于如果暗杀目标没了踪影，那国民党花了这么大一通财力物力人力精心布下的局，不就顷刻间灰飞烟灭了吗？高长捷心急如焚，命令刘婉香：火速赶回杨柳青中共地委机关，不惜一切代价弄清真相！

刘婉香又急忙往杨柳青赶。由于回去已经没有车了，他只有步行。大理道离杨柳青有几十公里路，走到天黑，等刘婉香终于跨进石家大院，他再一次傻眼了：石家大院也人去屋空了！早上还闹哄哄的大院就像人全死光了一样地寂静。整个地委和行署机关也是只剩下一个门卫在冷清清的院里溜达。一问那门卫，门卫说：刘书记和张专员命令所有的人今天全部都上杨村机场工地，谁不去就处分谁，跟要地震了一样地紧急！刘婉香心里愈发地慌乱，不知什么祸事要临头了，他假借刘青山的名义去司机班要了个车就往杨村奔。到了杨村工地，刘婉香看到工地上红旗招展，火把通明，到处张贴着标语，那标语上的糨糊还没干透，看出是刚贴上去不久的。工地上四处搭建着施工队伍的窝棚，刘婉香一路寻找过去，一路上看到尽是地委和行署的干部掂着铁锹和民工一起挖土干活。在最大的一个窝棚里，他终于看到失踪了的刘青山和张子善！令刘婉香惊异的是，刘青山和张子善甚至把铺盖都搬来了，他们的地铺和民工们的地铺搭在一起，铺上都是一律的薄绿行军被。刘青山和张子善也和民上们一样在工地上挖土方推小车，两人都是一样的灰头土脸，干到天都黑了，才收工回来吃晚饭。饭是一律的窝头咸菜高粱米稀粥，没有酒，没有四碟八碗的菜，更没有戏子和粉头们的唱，刘张和民工们一样就蹲在窝棚地上吃，和大家一样喝粥喝得一片吸溜吸溜地响，刘婉香当年在大宋楼村看到的老八路的作风又回来了！刘婉香在人堆里看到倪科长也蹲在地上喝粥，在这一年里，早就吃得像粉蒸肉一样肥腴的倪也和农民工一样吃着这糙食，高粱陈米粥里的沙子硌得他直皱眉咧嘴。

刘婉香溜过去，问倪：是啥厉害的人要来了，把弟兄们都紧张成这样？

倪惊慌地捂住刘婉香的嘴，声音压得极小，像蚊子在舞动，说：别嚷，别嚷！你要死了这样大声说！而后倪科长俯到刘婉香耳边，悄声说了缘由，于是刘姓特务婉香听到了一个以前在国民党那里从未听到过的新名词，这个名词在倪的嘴里就像炸弹爆炸。

倪说的是：检查团来了！

检查团是由河北省委书记处书记张春城亲自带领下来的。张春城是刘青山和张子善在晋察冀时的老首长，是河北省委有名的铁面包公。河北省委办公厅打电话通知天津地委和行署说张书记要来检查，刘青山张子善立刻连夜进行部署，到张春城的检查团踏进杨村机场工地的时候，张书记眼前看到的是一个让他激动不已的沸腾场面：红旗招展，人山人海，铁锹飞舞，车辆穿梭，口号震天！

张春城说："这才像个建设社会主义新中国的样子嘛！"

刘青山和张子善一左一右谦恭地围在张春城身边，陪张书记一路看来。站在人群里的刘婉香惊愕地看着刘青山和张子善变得简直都不认得了，和在大理道1号别墅时比，彻底判若两人。刘青山和张子善比民工还要民工，两人都是破衣烂衫，尤其是刘青山，一身衣服像是从老坟里扒出来的，烂得连民工都不穿。两人从头到脚黄尘滚滚，土渣儿不住往下掉，仿佛成年累月在工地上干，片刻都没离开过。两人走在张春城旁边，像庙里两个会走道的泥塑。

刘青山汇报说："张书记，我和子善，还有同志们，我们是恨不得一分钟掰成几瓣儿来用啊，大家伙儿是连一秒钟都不敢歇，都憋着劲，哪怕早一秒钟把这工作完成啊！"

张子善说："是啊，青山和我，还有同志们，我们是干在工地，吃在工地，睡在工地，这工地就跟我们的媳妇似的！"

刘青山说：“比媳妇要亲得多，媳妇还有个搂烦了的时候哩！”

张子善说:“是啊，大家伙儿在工地上一干就没个够！”

刘青山说：“有时候连水都顾不上喝！”

张子善说：“别说喝水，连饭都不吃！”

刘青山说：“有病了，就灌一肚子开水！”

张子善说：“干出一身汗来，啥病都好了！”

刘青山说：“我跟子善说过，我们俩带头，谁要是有一丝一毫的贪图享乐，谁就提着脑袋见毛主席去！”

张子善说：“是啊，干革命还图享乐，你配当一名共产党员吗……”

刘婉香远远地站在人群里，听得瞠目结舌，心想：这中共干部的瞎话、大话、套话，咋张嘴就来啊？刘特务听得直犯傻。

张春城满意得直微笑，对于一个老布尔什维克，这是最动听的语言，刘青山和张子善直接就捅到铁面包公张春城的心坎里去了。张春城收起笑，绷紧脸，对他的这两个老部下说：“青山，子善，有人可到我那儿去反映你们俩了啊，说你们俩在天津是吃喝玩乐成天享福，有没有这回事啊？要不要我去查你们俩啊？”

刘青山极其严肃认真地说："张书记，您一定得去查，您必须去查！"

张子善说："张书记，您要是不去查，我斗胆跟老首长您说句话：您就是严重失职！"

刘青山说："张书记，这么说吧，我和子善，我们的每一个细胞都随时接受党的审查！"

张子善说："还有我们的灵魂！"

张春城开心地哈哈笑，部下的成长和进步是他最高兴的事儿，查与不查，都在这开心的笑里了。张春城看着一身破衣烂衫的刘青山，心疼地说："青山啊，你也去买身稍微好点的衣服穿啊！虽说我们要大力提倡艰苦朴素，可你好歹也是个地委书记啊，你对外也有个形象问题啊！"

刘青山说："张书记，我有好衣服！"

张子善在一旁说："你得了吧，就你那一身蓝布褂子算啥好衣服啊！"他扭脸对张春城揭发刘青山，说："张书记，青山就那一身稍微像样点儿的衣服，平时舍不得穿，只有上省里开会，去见个外宾，才穿。张书记，青山生活困难呐，家里孩子多，他爱人又有病，地委研究了几次，要给青山困难补助，可青山死活不要，张书记刘婉香说：这有啥稀奇的！我听人家说，中共的有些干部，专业是贪污，副业才是工作。

高长捷说：那一双皮鞋咋能花三十块！你去问蒋委员长脚上的鞋能值三十块大洋不？

刘婉香说：蒋委员长咋能跟中共的干部比呢？中共的一些干部，吃的穿的用的，都是人家送的！既然是送，那就要送最好的、最贵的！

高长捷硬邦邦地说：没钱！上级给我的行动经费，都是一个萝卜一个坑，没闲钱！

刘婉香转身就走，说：没钱你去杀狗吧，杀狗不要花钱。

高长捷只有拉住刘婉香，咬牙切齿地对刘婉香说："0471，我日……"骂完刘婉香的娘后，无可奈何地，高长捷给了刘婉香三十大洋。

刘婉香拿到钱，乐滋滋地笑了。这钱刘婉香不是去向倪科长送礼行贿的，倪已经答应刘婉香今后长期在大理道 1 号工作了，这钱刘婉香是自己想贪污了。刘婉香回回给倪科长送礼行贿，看到中共的倪只要逮着空儿就想着法儿捞钱，他就想：我为啥就这么傻呢？我为啥就这么实在呢？中共的倪，原先也是老实人，顶多有点小您得批评他呀！”

刘青山跟张子善急了，说：“子善，你跟张书记说这个干啥，你看你这个人！”

张春城意想不到地愣住，难过地说：“青山啊，我不知道你生活过成这样，我失职，我对你关心不够啊！”他说着，就去掏自己的口袋，把自己的津贴费全掏了出来，又把秘书身上带的钱也全借了过来，一起递给刘青山，说：“青山，你不要国家的补助，好！你这个模范带头作用起得好。这是我给你的补助，你拿着，去买衣服！”

刘青山坚决不拿，说：“张书记，我绝对不要！”

张春城急了，眼一瞪，吼道:“刘青山，你敢不要！”

刘青山不敢说话了，低头沉默着，过了一会儿，他哭了起来，哭着对张春城说：“老首长啊，我也是人啊，我也想把日子过得好点啊，可有一条原则，我不敢违背啊！您刚才说，我是地委书记，我对外有个形象问题，可我想，啥才是一个共产党员的对外形象呢？那就是：吃的要永远比老百姓差，住的要永远比老百姓赖，穿的要永远比老百姓破！张书记，在您面前，我是个小小的干部，可有句老话说:位卑未敢忘忧国。我这个干部再小，我到啥时候也不敢忘了我是个共产党员啊！”

张春城猛地转过脸去，用手捂住眼睛，不让刘青山和张子善看到自己忍不住要流出来的眼泪。张书记被感动得哭了。张春城默默暗自垂泪了数分钟之久，最后，转过身，抬起手臂，一个老战士，向刘青山举手敬礼。

张春城后来说：他这是代表新中国向刘青山同志致敬！

刘婉香，刘特务，彻底看傻了。

张春城书记带着检查团完成检查回到石家庄，在省委扩大会议上大力表彰天津地委和行署，号召全省干部向刘青山和张子善，特别是要向刘青山同志这样优秀的党的好干部学习！刘青山在那一年（1951 年 4 月——李唯注）被河北省委推荐评为全国优秀政工干部。

国民党方面则大为光火，花了这么多的钱，做了这么多的准备，却连暗杀目标的具体行踪都不清楚！国民党晋察冀绥地下工作站把火气都集中在了刘婉香身上：这钱都是刘婉香一笔一笔花出去的，光是送礼行贿，就花了不老少！特别是这次行动，事到临头，刘婉香又多要了三十块，说是给中共的行动对象去买鞋。买鞋就买鞋吧，你倒是让行动对象提供一点准确情报啊，结果呢，连刘青山张子善要去迎接对付检查团这种事情都不知道！党国的钱都花到狗身上去了？国民党工作站领导让高长捷对刘婉香进行审查，问问刘婉香这钱都是怎么花的。国民党也是有审计制度的。高长捷对于这件事也是极为恼火，奉命叫来刘婉香，黑着脸，先掏出手枪来拍在桌上，让刘婉香对党国说清楚！

刘婉香一下面对带枪的审查，想起自己贪污的事，吓得怔住。而后，他像刘青山那样哭了起来，像刘青山那样撕心裂肺地开始哭诉，絮絮叨叨，车轱辘话来回地说，把一团伤心和委屈全捧给了高长捷。刘婉香的话，概括起来，大致意思是说：你们党国这样对我，也太不相信自己的同志了！你们怀疑我贪污公款，其实，就你们给的那仨瓜俩枣，根本就不够！中共的干部现在都吃肥了，胃口都大了，为了贿赂工作对象，获取情报，我没少往里贴钱啊！可我穷得当当响，我哪来的钱啊，我只有自己想办法去弄钱。我看到蔡公馆里，刘青山张子善喝剩的空酒瓶子堆了半间屋子，我就把酒瓶子偷出去卖，卖给街上收破烂的，换点儿钱，回来给中共的老倪送礼行贿。我，一个党国的特工，为了党国的事业，我去捡破烂卖啊！这些，我给你们组织上说过吗？我没给党国说的还多了！卖酒瓶子那点儿钱，哪够送礼啊！没办法，后来，我只有去卖血！为了党国，我去卖血啊！

我卖血换钱去行贿！现在，我每天早上起来头都晕，腿软得像面条，这都是卖血卖的！这些，我都给你们组织上提过一句吗？至于情报不准，那是因为中共的事情老变，中共自己都说计划不如变化快，这也是没办法的事儿。最后，我想说一句：老高啊，你是中校，我屁的校也不是，在你面前，我是个小小的特工。可我再渺小，位卑未敢忘忧国，我到啥时候也不敢忘了我是个国民党员啊，党的事业在我心中啊！刘婉香声情并茂地说着，哭得稀里哗啦的。

高长捷被深深感动了，将手枪收起来，上前抱住刘婉香，说：同志，对不起，组织上错怪你了！又解释说党国这也是着急了，毕竟在财政这么困难的情况下，这么多钱花了出去却没有一点进展，实在是心焦！高长捷随后向国民党工作站领导进行了情况说明，同时把刘婉香的先进事迹也向上级进行了汇报。上级领导听了也很感动，决定要奖励刘婉香来激励其他的特务，国民党这时在内部也开始实行精神奖励和物质奖励相结合、以精神奖励为主的做法。经过研究，把刘婉香评为年度先进特务。

刘婉香听说自己被评为了先进，喜滋滋地乐，觉得刘青山张子善他们的这一招真是不错，管用！他决定以后就用这一招，也经常来向自己的党进行坑蒙骗。同时刘婉香也明白了，越是优秀，越是先进，就越有可能是大贪大奸大恶之人。国民党特务刘婉香在向中共工作对象渗透的过程中，除了学会贪污，还学会了欺骗组织，进一步地学坏了。

刘青山张子善在检查团走后的当天晚上就搬回了大理道 1 号，刘张又重新西装革履，别上了钻石袖口。蔡公馆内又开始豪宴宾客，一切都照旧进行。国民党工作站看到刘青山张子善又回来腐化了，大大松了一口气。高长捷让刘婉香赶紧去把上次没送出去的请柬送给刘张，争取刘张这次能如期赴约。刘青山和张子善接到请柬，两人倒是都表示出兴趣来，说可以过来大家一起玩一玩。张子善还为此找了一个政治上的说法，说：我们共产党也要广泛联络和团结包括工商业在内的各界人士嘛，要积极开展统战工作嘛。把过来寻欢作乐提高到了党的建设的高度。有了这个政治高度的说法，那什么事儿都可以放心地去做了。但是刘青山和张子善又都说他们这段时间可去不了，他们都很累，得先歇歇，把身子骨养两天。国民党方面心急如焚，眼看着经费一天天流水一样地花出去，但也只能怨检查团把暗杀目标累坏了，只能坚守等待。熬到十天以后，高长捷再次让刘婉香给刘张把请柬送去。刘青山和张子善这次爽快地答应第二天晚上过来。国民党方面喜出望外，真是望穿秋水啊！48 号上下又开始了紧张的战前准备，烹煮煎炸的工序再次展开，香气在公馆里又弥漫开来。那些女色们又都来了，又都一个个地扮上，胳肢窝里又都扑好了粉，又像粉蒸肉再次上了笼，就等着中共的同志来吃。傍晚时分，刘婉香从杨柳青赶了过来，准备陪刘青山和张子善过到 48 号去，一场筹划已久历经坎坷终于到了致命一击的暗杀将正式展开！刘婉香一推开蔡公馆的门，顿时又傻了：大理道 1 号再一次人去楼空！他一问门房，门房说刘书记和张专员在一大早又紧急地返回杨村机场工地去了，所有秘书警卫厨师等一干人员又都散了，偌大的公馆又只剩下了一个门房看守。

刘婉香惊愕万分地问：为啥又要跑啊？

门房说：又一个检查团来了！

刘青山和张子善被捕后在接受审讯时，两人分别都提到了检查团，这在档案中有专门的文字记载。据记载，刘青山交代说：从 1950 年初他们到天津上任，到 1951

年 8 月他们被中央批捕，这期间他们迎接的检查团，以及还有什么工作组、巡视组、督导组之类的，十天一小团，半月一大团。有党风党纪大检查，政治学习大检查，财务大检查，还有卫生大检查，防火大检查，防空大检查，保密防谍大检查。刘青山说在 1951 年甚至还有一个天津市储备过冬大白菜检查团……各种检查团多如过江之鲫。每一个检查团的到来都让刘青山和张子善的神经紧绷。刘青山在交代中说，每一次迎接检查团，他都像在刀子上舔血，心惊肉跳。他和张子善俩人贪污挪用公款 117 亿人民币（旧币，1 亿元相当于 1 万元——李唯注），那么大的窟窿，处处都是痕迹，任何一个检查团哪怕有一点点的警觉和怀疑，他和老张早就完了，根本就等不到 1951 年 8 月才被捕，也根本就贪污不了那么多钱！但是刘青山和张子善又都肯定地说：不过检查团多是多，也没啥大不了的，顶多就是人累点儿，满嘴的假话成天来回说，嗓子有点受不了。张子善对此有一个总结，他说："各种各样名目的检查团，其实全都是同一项检查内容，就是来检查表演的。下面的人，无论你干了什么坏事，只要你表演到位了，基本上所有检查团全都能扛过去。检查团说白了就是一个屁，噗的一声放下来，除了污染空气，什么功能都没有。”张子善说像他和老刘就扛到了最后，如果不是地委内部有人把他们告到了中央去，中央专门派人来天津查办，他们到现在还扛着哩。

但是国民党方面扛不下去了！中共的检查团唯一起到打击作用的是国民党，那些林林总总的检查团要把国民党拖垮了。高长捷奉命在大理道 48 号坚持了数月，在刘婉香的努力配合和策应下，苦苦等待着杀刘青山和张子善的机会，其间至少有 4 次刘张几乎就要踏进 48 号了，均被中共高密度的检查团事到临头又拽走。好不容易检查团走了，但暗杀目标也由于过于猛烈的表演而累坏了，需要好好休息，不休息就没法来吃喝玩乐。等到暗杀目标歇好了，可以实施暗杀计划了，又一拨检查团来了！国民党的钱就这样一天一天毫无效率地花出去，一次次提前准备宴席不说，那些女色也是一次次地付了定金，又一次次地不能最后使用。而且刘张不能使用，国民党自己也不能用，不像饭菜做了刘张不来国民党的特工们可以自己吃，而那些女色如果使用了是要付全款的！这些女子们，定金都付了，却只能干巴巴地看着不能动，这是最让国民党气不过的地方。但是没办法，国民党的经费实在是太紧张太困难了，他们只能让中共人员去腐败而自己腐败不起，国民党的冤枉钱花得太多了！国民党保密局台湾总部的领导们后来总结这次行动的教训，都感慨万千，说："不怕共产党的枪，不怕共产党的炮，就怕共产党的检查团来到！中共的检查团真是害死人啊！"中共的检查团成功地重创了国民党。最后，国民党保密局京津冀绥地下工作站决定停止这次行动，承认这种办法行不通，这么拖下去不是办法，必须另想辙儿，通知高长捷等撤出大理道48号。

对刘青山和张子善的第四次暗杀于是宣告失败。

八、第五次暗杀

十天后，老魏来跟刘婉香接头，这次他给了刘婉香一把手枪，传达上峰的最新指示：上峰命令刘婉香，这次不计危险，只要逮着空儿，直接用枪干掉刘青山和张子善就是！老魏又破天荒地不等刘婉香开口要，主动给了刘婉香六十块大洋，告诉刘这是党国给他的。党国让刘婉香可以不必请示，在需要的情况下，为完成这次暗杀任务，自己决定向中共的行动对象去行贿。老魏告诉刘婉香：保密局高层已经根据形势发展，把向中共人员行贿正式列入财政预算了，以后行贿的钱都会自动地逐月下发。国民党今后将把对中共人员行贿做到常态化、制度化和系统化。老魏让刘婉香不要有任何后顾之忧地放心去干。

刘婉香凭空得到了六十块大洋，又听说以后还月月有钱好拿，心里十分高兴。刘婉香想，他要是想从中贪污个十几二十的那还不是随便一个动作！刘婉香开始觉得当特务真是一件幸福的事情。刘婉香让老魏去转告上级领导：他一定不辜负组织上的期望，这次一定要杀掉刘青山和张子善！

老魏说：组织上等着你胜利的消息！

刘婉香开始兜里揣着手枪，在杨柳青石家大院、杨村机场工地和大理道 1 号这几个地方来回游动着，紧紧跟随刘青山张子善的行踪，寻找着对刘张开枪的机会。刘青山和张子善倒是时时都暴露在刘婉香的枪口下，时常在刘婉香的有效射程之内晃荡着，但刘婉香却不敢拔出枪来去打。刘婉香一旦开枪射击，刘青山张子善倒是很有可能会被打死，但是刘婉香自己也会立即被捕或被当场击毙。因为刘婉香每每见到刘青山和张子善的时候，刘张身边都是围满人的。领导身边总是时刻都有一堆人围着。有来请示工作的，有来让签字报销的，有来献媚撒娇的，有来逢迎拍马的。其中地委宣传部有个小季，看到同部门的焦翠兰天天接近刘书记，他心里着急得要命，生怕焦翠兰提拔到他前头去。但他是男的，他要想跟领导亲近缺乏资源上的优势，于是小季就想出每天来对刘青山说一句歌颂的话，某些宣传干部活着的功能就是专门研究琢磨如何歌颂领导。例如小季说："刘书记您昨天开会做报告的水平真高，都快赶上少奇主席的报告水平了！"当时党内公认理论水平最高的是刘少奇。或者说："刘书记您真平易近人，同志们在您领导下工作真是太幸福了！"要实在没什么可说的了，就说："刘书记，地委的同志们在您的领导下这两天又胖了！"20世纪50年代的中国社会是以胖为美，来表示社会主义的生活好，而旧社会的标志就是人民全都瘦骨伶仃的。就是这个小季，最后创造出了让全国都为之哗然的著名理论，小季在天津提出了"刘青山思想"。小季说："全国有毛泽东思想，我们天津有刘青山思想。毛主席在中国，把马列主义具体化了，因此叫毛泽东思想；而刘书记在我们天津，也把马列主义具体化了，这就叫刘青山思想！"小季同时也大力歌颂张子善，曾经在开会时高呼："在英明领袖张专员的领导下胜利前进！"而张子善对此的回应，竟然是："应该向这个同志学习！"

刘青山和张子善后来被审查，除了贪污的问题外，公然标榜"刘青山思想"和"英明领袖张专员"是另一个重大问题，这犯了官场大忌。在刘张专案的档案材料中，刘青山对此有专门的检查交代。据档案材料记载，刘青山首先要求组织上调查提出"刘青山思想"的来龙去脉。刘说：现在都说刘青山思想是我自己提出来的，是我自己说我在天津把马列主义具体化了，这是不对的，这句话是底下的同志提出来的，请组织上甄别（但负责审讯刘的有关机构后来并未去甄别，现在所有的历史材料都说是刘青山自己标榜自己——李唯注）。刘青山提出这个要求后，接着交代检查自己说："开始听底下的人这么说，自己也害怕，也对那个同志说过别这么讲。但听得时间长了，心里也挺舒服的，人都是愿意听好话的，这是人的本性。久而久之，我都听习惯了，那个同志如果有一天没来说，我就像这一天没吸大烟一样，浑身不舒服。在这里，我再向组织交代一件事：1950年，我和张子善同志进入天津之后，我们俩都穿起了皮大氅。我觉得我穿皮大氅很神气，当时有部苏联的影片叫《夏伯阳》，里面的苏联红军骑兵将军夏伯阳披个斗篷，叼个烟斗，威风凛凛，我觉得我披着大氅就像披着斗篷，挺像夏伯阳的。我想让人夸我像夏伯阳。我是带兵打仗出身的，我喜欢像一个叱咤风云的大将军。底下的那位同志就来夸我，头一天，他夸我，说：'刘书记，您真像岳飞！'我不高兴了，我明明是夏伯阳，什么岳飞！我就没理他。那位同志见没有夸对，看我不高兴了，就回去连夜反复琢磨。第二天，又来夸我，说'刘书记，您真像戚继光！'我更不高兴了，我是夏伯阳，你东拉西扯啥呀！我脸都黑下来了，更不理他了。那位同志见我黑脸了，吓坏了，又赶紧回去琢磨，一连几天来夸我，都夸不对。我的脸越来越难看。最后，有人点拨了那位同志。终于，那位同志来对我说：'刘书记，您真像夏伯阳！'我这才高兴了。那位同志哭了，哭着说：'感谢上帝，我终于说对领导的心思了！'他哭得吸溜吸溜的。这个事情，一是说明我在单位的霸道，二是说明这全都是我们的体制造成的。我们的现行体制，实际上，就造成好多单位的一、二把手在单位里都是一手遮天。底下的干部，只能说领导的好话而不敢说领导的坏话，从来没有哪个人是因为歌颂领导，无论你歌颂得有多肉麻，而被撤职查办判刑的。但你要敢在单位公开说领导一句坏话，你试试！所以就造成现在单位的领导越来越膨胀，各单位的奴才越来越多。”刘青山的这份检查交代在档案卷宗的第 147 页。

小季这样的一群“奴才”总是像蚊蝇嗡嗡嗡跟踪着刘青山张子善，让刘婉香总也不能有单独接近刘张的机会来完成暗杀任务。刘婉香万分焦急。就在刘婉香几乎要绝望的时候，一个机会在不经意间突然来临了，让射杀刘张在瞬间不可思议地变为非常可能的事情！

事情的起因来自一桩意外的车祸：1951 年 8 月 4 日上午，一名在地委机关食堂做饭的职工老肖，刘婉香不知道肖的原名叫什么，只知道大院的人都叫他肖大屁股。肖是厨师，吃得胖，屁股大，肖大屁股四十多岁快五十了，在早晨外出买菜的时候被杨柳青镇上的一辆马车撞倒，脾脏破裂，生命垂危。这一个普通职工的车祸却引得大院里的一把手刘青山闻听后火速赶到了医院，而且刘情绪极其激动，看到肖大屁股血糊糊不省人事地躺在那里，难过得当众号啕大哭，二话不说，挽起袖子就要给肖输血，而且蛮横地命令护士给他抽 1000CC！这可把跟着刘青山来的下属们都吓坏了，怎么能让书记给一个炊事员输血，而且是输这么多的血呢！部下们死活拉住刘青山不让他输。尤其是小季，抱着刘青山，苦苦哀求，请刘书记为了天津地委的工作，为了天津市的发展，为了新中国的未来，为了世界革命的明天，千万千万要保重自己啊！刘青山头一回对小季的奉承不耐烦，破口大骂说我操你娘的未来和明天！我操你娘的鸡巴世界革命！他哭着说："1942 年，在晋察冀，老子中了鬼子的子弹，眼看命就没了，是我哥给我输的血啊！现在，我哥的血流没了，我要不给他匀点儿，老子还算人吗？"他暴跳地骂着，最后，掏出腰间的手枪来（建国初期各地市级单位的党政首长都佩枪——李唯注），把枪"啪"地往桌上一拍，对下属们说：都别跟我说，有啥话都跟这把枪说！下属们谁都不敢再说话了。大家只有赶紧跑回大院，把张子善搬来，让张专员来劝说刘书记。张子善来到医院，一看刘青山这架势，他太了解刘青山了，知道拦不住，没做任何劝解，只说了一句："青山，别抽 1000 了，抽 800 吧。"刘青山给了张子善面子，同意抽 800CC。等刘青山的 800CC 鲜血输进肖大屁股身体的时候，刘已是脸色蜡黄，身体冷得瑟瑟发抖，站都站不稳了。刘青山有很严重的萎缩性胃炎和十二指肠溃疡，一直在喝中药，身子骨比较弱。

刘青山和肖大屁股是同一个村子的，两人都是河北省安国县南章村人，两人是同一天从村子里跑出来在晋察冀萧克的部队当兵参加八路军的。刘青山后来做到了地师级干部，而肖大屁股人老实，木讷，左腿还有一点儿跛，是个瘸子，从当兵到年龄一大把了，一直都还在炊事班里做饭，也没能娶个媳妇。到 1950 年，两人之间的地位已经是天差地别的程度。但刘青山一直记着肖大屁股救过他的命，一直把肖当哥哥对待，人前人后都是哥长哥短地叫着，在石家大院只有刘青山不喊他肖大屁股。刘青山很讲义气，地委机关里即使是后来向中央和河北省委检举刘青山的人也都承认：刘青山这个人，只要你是他的“三老”，即老乡、老部下、老战友，他绝对会为你两肋插刀，经常是讲义气讲到了不讲原则的地步。据说，老河北省委的干部在 1955 年都听到过一个非正式的传达，说毛主席当时批准对刘青山执行死刑，事隔几年后说过这样的话：“刘青山死就死在了江湖义气上！我们党有不少干部都讲江湖义气而不讲党性，除了刘青山，还有高岗！”

肖大屁股在傍晚的时候还是死了，刘青山的义气还是没能挽留住他的性命。

据说，肖死的时候，正好河北省委办公厅给天津地委来了电话，让刘青山连夜赶到石家庄去开省委扩大会议。而哭得眼泪汪汪的刘青山对前来通知他的秘书说：“你去告诉让我去石家庄开会的人，不管他是书记还是省长，你就说是我刘青山说的：开他妈鸡巴的会！我哥死了，我不去！”

刘青山要留下来给肖大屁股守灵。

地委机关在石家大院连夜给肖大屁股设了灵堂，刘青山把所有围在他身边的人统统赶走，连张子善也不让待在灵堂里，他要一个人彻夜守着老肖，在最后这个晚上，他要跟他的这个同村老哥最后说说话。就在这个时候，很突然地，倪科长来找刘婉香了，倪通知刘婉香，让他进到灵堂里去，陪着刘书记彻夜守灵。刘婉香简直不相信自己的耳朵了：他竟然是唯一的一个被批准进入灵堂和刘青山待在一起的人，而且独处的时间有整整一夜！倪之所以要派刘婉香去陪着刘青山，而且刘青山本人也同意了，是因为刘青山由于长期行军打仗胃疼得厉害，后来听说抽大烟可以止疼就悄悄抽上了大烟（不是后来纷纷传说的刘青山腐败到了要抽大烟取乐的地步——李唯注）。到了晚上，他需要一个为他烧烟泡的人，他一到时间点儿就必须得抽几口，否则胃疼得盯不下来，只有作为内勤的刘婉香在大理道1号为刘青山秘密烧过烟泡，伺候过他，于是刘婉香就成了唯一人选。

刘婉香千载难逢的机会，就在不经意间，来临了！

刘婉香欣喜不已，他计划先在灵堂里击毙刘青山。而后，由于张子善不放心刘青山，他每隔一个小时就会进灵堂来看一眼，刘婉香计划等张子善进来探视时再将张一枪毙命。老魏给刘婉香的这把枪是装了消音器的，能确保这一切都淹没在悄无声息之中。而且由于不允许任何人进来，即使刘张横尸灵堂几个小时，也不会有人发现，刘婉香有足够的时间能从容地走出灵堂，走出石家大院，逃出杨柳青，而后彻底消失在大天津的茫茫人海中。这运气实在是太好！刘婉香想，国民党也不是总走背字儿的。

当刘婉香揣着上满子弹的手枪跨进灵堂的时候，他又看到了一个更加好、好得不能再好的运气，像狗头金就掉在脚边，横袒在他的面前！

刘婉香看到刘青山正在哭。刘青山正趴在直挺挺躺在棺材里的肖大屁股身上，撕心裂肺地哭着，彻底沉浸在悲伤中，对四周的一切都充耳不闻，连刘婉香走进来的脚步声都听不见，把他的头、颈以及一大块后背完全暴露在刘婉香面前，这让刘婉香可以从容地掏枪瞄准射击，而根本不必担心刘青山会惊叫起来，这简直就是一头死猪趴在那里任他随意宰割。刘婉香不禁喜气洋洋，他想不到那么艰难曲折的暗杀，到头来竟是这么轻而易举的事情！刘婉香决定等着屋外的鞭炮再一次响起的时候就开枪。杨柳青这一带的习俗是在做白事的时候每隔一个时辰就要鸣放一阵鞭炮，民间的说法是用以驱赶亡者前往西天时一路上挡道的大鬼小鬼。刘婉香决定在那个时候开枪，就是要让虽然装了消音器但在击发时仍然会有的些许声音，能被密集的鞭炮声彻底遮没掉，以确保灵堂外面的人听不到一丝异样的响动。

大约在五分钟后，又一轮的鞭炮声密密匝匝响起来了，就在刘婉香要扣动扳机的时候，他突然听到了刘青山在对死去的肖大屁股絮絮叨叨地哭诉，那话里的内容，像一把斧头猛然劈过来，在顷刻之间，让刘婉香的杀戮戛然而止。

刘婉香听到刘青山在说他贪污的钱！这让刘婉香饶有兴趣，他想听一听。

刘青山在对肖大屁股说，他搞了很多很多的钱，他现在的钱足足能买下他们老家安国县的一条街来！可他一个人要这么多的钱干什么用呢？论吃吧，他就一个胃，就算顿顿都挑最贵的吃，他能吃多少？何况他还有胃病。论穿吧，他就一个身子，他还能一次穿六件褂子套七条裤子吗？论搞女人吧，就算他有一天也放开去搞女人了，可他就一个鸡巴，他又能搞几个呢？这些话很粗，但话丑理端，道理没错。刘青山说，他贪污的这些钱，用途分三块。一块是去给有关领导和关系户送礼行贿；一块是他自己花一些；最大的一块钱，是他为老战友、老部下、老兄弟们去搞的！其中，就有肖大屁股的份儿。

刘青山说，他已经给肖大屁股在安国县城的老街上买了一套大宅子，三进的院子，一水儿青砖铺地，比当年村里的地主肖玉贵家都阔！另外，他还给肖大屁股买了一个老婆。那闺女今年刚十六，她爸爸是地主，去年全国解放的时候让咱们政府给镇压了，如果不是被镇压的地主家，就这么水灵个丫头，想买？门儿都没有！那闺女起初听说肖大屁股都快五十了，还是个瘸子，死活不同意。刘青山说他就带着警卫员上那闺女家去了，先把满满一面口袋的大洋往她家炕上一倒，然后就跟那闺女和她娘说狠话："你要是不愿给革命军人当老婆，那你们就等着日后让村里把你们当地主家属对待，天天监督你们劳动，像对待牲口一样吧！你们自己合计！”反正就这样一手软，一手硬，硬硬把个地主的黄花大闺女给肖大屁股弄来了！

刘青山说，他为啥非要给肖大屁股弄一个地主家的小闺女来呢？那是他永远忘不了1939年，肖大屁股之所以要带着他去投奔八路参加革命，那是因为老哥的媳妇让村里的肖玉贵依仗权势给奸了，那媳妇，他从小叫三嫂的，后来投了村后边的河死了。刘青山说，永远记得肖大屁股当时给他说过的话，肖大屁股说：“俺去参加革命，就是等着有一天革命胜利了，俺也要日地主的女人！”刘青山伤心地说，现在，革命胜利了，他把啥都给肖老哥准备好了，那地主的小闺女，革命的胜利果实，也都给老哥哥搬到炕上来了，他就准备这次把这个喜讯给老哥哥说，让他今年就成婚呢，谁知，咣叽一下，新娘还没入洞房，新郎倒先死了！

刘青山非常伤心难过，抱着已经死硬的肖大屁股，哭着说：“老哥哥，你不是说，革命胜利了，你也要X地主的女人吗？你起来X呀！你咋就死了呢……”刘青山哭得肝肠寸断。

接下来发生的情况是，刘婉香被刘青山深深感动了。

刘婉香觉得刘青山说的话，每一字，每一句，全都说到他的心坎里去了。刘婉香想起自己当年在村里受地主的气，不禁也是恨意满腔，“X 地主的女人”，说得太解气了！他觉得刘青山说的绝对是庄稼地里兄弟们的话。刘婉香开始觉得刘青山这人还真不错，是条汉子！从执行暗杀任务以来，他头一回跟刘青山有了一种农民弟兄之间的亲近感。刘婉香不想杀刘青山了，至少不想在刘青山表现得这么仗义这么爷们儿的时候杀他！刘婉香觉得这个时候他要杀刘青山，他就不仗义了，以后在庄稼地里，他是会被人骂死的。国民党特务刘婉香和中共地委书记刘青山，在共同的农民阶级情感中融合在了一起。刘婉香把瞄准刘青山后脑勺的枪揣进口袋里，起身走出了灵堂。就在灵堂门口，刘婉香迎面碰到了恰好这时走进灵堂来关怀探望刘青山的张子善。刘婉香意味深长地看了张子善一眼，按照计划，这时候他应该是已经杀掉了刘青山而正要对张子善下手的，刘婉香感叹世事真是难料！张子善则对于刘婉香满含意味的眼神毫无察觉，完全不知道他正在与死神擦肩而过。刘婉香走出灵堂，这时候天都亮了，他找个借口向倪科长告个假去了市里，溜到接头的茶馆，送出情报，向上级报告说：行动目标保卫森严，无法下手。

第五次暗杀于是又宣告失败。

这样的机会一闪即逝，从此再没有了。

国民党保密局台湾高层后来知道了事情全部经过，得知刘婉香是因为这样的原因而没有在那样一个唯一的机会里杀掉刘张的，不禁气得捶胸顿足，但事情已经过去，也无可奈何。后来据说当时已经全面开始负责国民党谍报系统工作的蒋经国针对这件事，感慨地说过一句话：“中共的毛泽东有一句话说得很对：严重的问题在于教育农民！”蒋经国的意思是，毛泽东的话也同样适用于国民党。对国民党而言，严重的问题也在于教育农民！国共两党都诞生在这个有着最广大农民的国家里，中国大地，到处是庄稼，遍地是农民，农民性是两党核心问题共同的根源所在。

九、第六次暗杀

国民党的计划屡屡受挫，人的因素占很大比重，使国民党的高层领导认识到对特务们加强思想教育的必要性和紧迫感。于是在 1951 年的下半年，国民党保密局京津冀绥地下工作站下决心把工作先暂时停下来，把特务们集中起来进行学习，端正思想，提高认识。要求广大特务不能光低头拉车，而且要抬头看路；不能光埋头杀人，而且要抬头认清方向，心中要有大目标，杀人才能杀得好！又据说，国民党工作站看到中共这些年各种各样的协会层出不穷，五行八作，什么行当都成立个协会，譬如作家协会。国民党于是也想借鉴学习一下，就考虑乘这次特务们集中学习的机会，大家伙儿都在，准备成立特务协会，让广大特务们也有一个自己的家。国民党也想采取人性化的管理措施来搞好特务工作。

刘婉香秘密来京参加集中学习之后，又返回了天津，同时带回来了工作站对他的最新指令：不惜一切代价，务必限期完成对刘青山张子善的暗杀！因为中共的毛泽东近期在中共华北军区司令员聂荣臻的陪同下视察了杨村机场工地，这使刘青山和张子善这两个暗杀目标的重要性愈发重要起来。工作站命令刘婉香，用枪杀不了就用炸药！命令刘婉香想尽所有办法在刘张的餐厅、卧室、办公地点以及其他经常出入的地方安置炸药，定点爆炸，令刘张毙命。国民党上级领导同时告诉刘婉香：这次他要完不成任务，那就自裁吧！让刘婉香自己把自己弄死。

刘婉香被逼到了绝路上，他这次只有杀掉刘张，自己才能活下去。严酷的命令使刘婉香激发出了惊人的执行力，九天之后，刘婉香通过老魏去向领导递交报告说：他已经把炸药安放在了中共天津地委的小会议室里，引爆装置也安装好了，就等刘青山和张子善哪天来开会了！刘婉香在报告中恶毒地说：共产党喜欢开会，那就让他们在开会的时候死吧！

但刘青山和张子善从此却总也不开会了！特别是刘青山，连在天津也很少待了，总去石家庄，偶尔回来一趟，也顾不上开会，两天后就又走了（刘青山这时已经调任石家庄市委副书记，主要在石家庄工作了，偶尔回天津地委，是来交接一些没干完的遗留工作的。国民党潜伏特工刘婉香以及国民党保密局晋察冀绥地下站当时并不掌握这一情况——李唯注）。刘婉香总也见不到刘青山，更不要说按动爆炸装置炸死刘青山了。想到自己完不成任务就要性命难保，刘婉香被捕后说：那些日子，他牙都掉了，上火急的！

终于有一天，刘婉香又再次见到了刘青山，这使他不禁欣喜若狂！

刘婉香被捕后对于这次和刘青山的见面有过详细的

交代。刘婉香说：那其实是他最后一次见到刘青山。见面的地点是在杨柳青石家大院东北角的男厕所里。那天，刘婉香走进厕所去撒尿，一进门，他看到好久不见的刘青山居然也站在尿池边上尿尿！刘青山回来了！刘婉香高兴得近乎失控，他竟然失控地奔过去跟刘青山打招呼，那副样子一看就是蓄谋已久的计划就要实现了的欢欣鼓舞。但怪异的是，刘青山对刘婉香奔过来的招呼充耳不闻，刘青山在发呆。更怪异的是，刘青山显然已经尿完了，但他却并不把自己的生殖器放回裤子里去，而是依旧裸露在外面，自己看着自己的下身站在尿池边上发呆。刘青山显然在想什么心事。刘婉香看到刘青山的阴囊白白的，像是扑了一层粉。刘婉香不敢再问，站在刘青山边上小解。刘青山突然没头没脑地跟刘婉香说起话来，大约是他独自憋得厉害，很想找个人说说。刘青山告诉刘婉香：他有阴囊潮湿的毛病，很厉害，治不好，裆里经常湿得很难受。战争年代，条件简陋，他经常是用老乡晒干的山芋片磨成粉敷在阴囊上，吸干湿气。解放后进了天津，有条件了，他就让后勤科买来婴儿的爽身粉给他用，效果比山芋干要好得多。然后，刘青山问了刘婉香一个很奇怪的问题，这个问题显然是让他困扰、焦心并且发呆的根源。刘青山问：如果，今后，有三年，或者五年，他再弄不到爽身粉来用，他的蛋蛋会不会湿得烂掉？他还会不会是一个男人？刘婉香很诧异，没法回答。以刘婉香的文化和医疗知识，他比刘青山更不懂得这个问题。同时刘婉香觉得刘青山问得真是奇怪：就凭刘青山这么大的官，要啥没有啊，咋会三五年里都再搞不到一瓶婴儿爽身粉呢？但刘婉香当时没有细想，他尿完尿就赶紧走了。刘婉香当时完全沉浸在刘青山回来的喜悦中，他要赶紧去找倪科长落实天津地委常委会开会的日子，实施爆破行动。刘婉香当时完全没有意识到刘青山突然问这个怪异问题预示着什么。

第二天，刘青山就又走了，天津地委没有开常委会。又过了几日，张子善也在大院里消失了，连倪科长也不知道张专员去了哪里。常委会倒是开了，但刘婉香惊愕地发现：主持常委会议的换上了地委副书记李克才！而且从李的架势和语气来看，他今后将会在很长一段时间里主持常委会。刘婉香不知道发生了什么事情，他更加惶恐了，整日在大院里惶惶不可终日，他期盼刘青山和张子善快回天津来，向菩萨祷告，保佑刘张平平安安的，平平安安地活到让他杀死的那一天。

和刘婉香在厕所里见面的几天后，刘青山就被捕了。张子善随后被捕。而且刘青山当时就知道他和张子善很可能将会被捕，因为河北省委有人已经跟他透过风声，所以他才会在厕所里没头没脑地跟刘婉香说那样奇怪的话。刘张二人的最初案发，现在比较多的说法是地委副书记李克才率先向中央告发了刘青山和张子善。还有一种说法是，李克才在告发了刘青山和张子善之后，又特意找刘张分别谈了一次话，谈话的大意是，李规劝刘张把涉及此案的其他人尤其是上层的领导人都交代出来，因为这个案子贪污挪用的金额太大，如果没有其他的人来分担责任，尤其是上面的领导人来承担一部分责任，那刘张很可能就此性命不保。显而易见，这么大一笔钱绝不可能仅仅是刘青山张子善两个人就能贪污挪用得了的！李克才跟刘青山和张子善都是晋察冀的老战友，出于坚持党的原则，他告发了刘张，但出于当年的生死战斗情谊，他想保住这两个老战友的命。据说刘张对于李克才的苦苦规劝嗤之以鼻，尤其是刘青山，当场就耻笑李克才，说李克才太不懂政治。刘青山说他要是把那些人，尤其是上面的领导都交代出去那才是死定了哩！刘青山说，如果出事被捕，唯一的一条活路就是他和老张两个人把全部的事都扛起来。只有自己全扛了，那些没进去的人才能在外面玩命地想办法救他们，往外捞他们，他和老张两人才能活下来，日后就有机会出狱。刘青山还自信和得意地跟李克才说：他在牢里最多也就待个三五年，有人已经跟他和子善都打过招呼了！李克才当时问：谁？谁跟你们打的招呼？刘青山一笑说：我能告诉你吗？我政治上会这么幼稚？所以，刘青山在厕所里跟刘婉香说他今后可能三五年都再搞不到一瓶婴儿爽身粉，他说的就是他可能将要在牢里监禁的日期。

刘青山和李克才之间是否有过这样一次谈话，已经无从查证，李克才已经故去多年。但从档案材料上看，刘青山和张子善确实是从来没有想过他们会被判处死刑，都坚信他们只坐几年牢就会获释。档案中记载着刘青山和张子善在接受审讯时说的原话，摘抄几段如下：

(一) 1951 年 9 月 23 日，天津芥园道监狱第四审讯室，刘青山说：“几年以后我出去，领导干部我是不能再当了，我犯了这么严重的错误，我对不起首长和组织，请组织上批准我回老家种地去，我愿当个自食其力的劳动者……”

（二）1951 年 9 月 26 日，天津芥园道监狱第一审讯室，张子善说：“……我参加革命以前教过几年私塾，今后，我可以去教书。教语文教政治我不能教了，我是政治上犯了错误的，教小孩子算术我还是可以的……”

（三）1951 年 11 月 6 日，河北保定监狱审讯室，刘青山再次说：“……如果说我还有啥要求的话，我请求组织上到时候也能在村里分给我一块地，再分给我一匹牲口，牛和骡子都成，我老家没人了，我回村后，没地没牲口我种不了地……”（当时正是全国土改，农民都分到了土地和牲畜，故刘青山有此一说。——李唯注）

刘张诸如此类的话，在档案记载中还有多处。

至于现在到处流传的一种说法，说河北省委事先把毛泽东批准死刑的批示给刘青山和张子善看过，故刘张事先已经知道他们会死。此说法在档案中无一字记载，在河北省委以及中央当时有关此事的一切材料中也无一字记载。不知这种煞有介事的说法从何而来。

1952 年 1 月 10 日，刘青山和张子善被押赴河北保定宣判会场进行宣判。直到这个时候，刘张依然绝没有想到他们会被判处死刑，他们依然坚信事先有人给他们承诺过的，只会判他们三到五年。当宣判书念道："判处刘青山张子善二犯死刑——"刘青山和张子善顿时傻了。20 世纪 50 年代的宣判和今天的法律宣判完全不同，今天的判决都要给人犯留出上诉期，而当年的宣判则是："判处死刑，押赴刑场，立即执行！"刘张当时就被押走在距宣判会场大约 100 米的空地上立即枪决了，他们整个蒙了，连清醒过来说一句申辩话的机会都没有。故刘青山张子善一案，数额如此巨大，堪称一项浩大工程的贪污，被判处的只有刘张两人，再没有第三个同案者被涉及和查处。河北省委的一些老人回忆道：当时很多报告和请愿书像雪片般地不断送往中央，有些甚至直接送给了毛主席，很多都是要求枪毙刘青山和张子善的。又据说，其中很有一些上书者，都是过去收受了刘青山张子善的财物，刘张案发事后往监狱里给刘张递话要他们守口如瓶，并保证将来一定会把他们捞出来的人。正是这些人，另一方面比任何人都痛心疾首情绪激愤，一再上书中央，说是不杀不足以平民愤，不杀不足以正党风，强烈要求党中央赶紧把刘张杀了！再据说，执行死刑的法警当时给刘青山收尸的时候，从他被河北省委特批穿着的那件皮大氅口袋里，翻找出五六瓶婴儿爽身粉，显然这是刘青山准备带到服刑监狱去用的。这个细节也证实，刘青山当时绝没有想到他会死！

刘婉香对这些情况则是完全不知，他只知道一天一天过去，一月一月过去，刘青山和张子善始终都没有回来。到后来，刘青山和张子善对于刘婉香已经遥远得像一个记忆符号了。刘婉香开始真正感到了害怕，他觉得国民党随时都会派人来杀他！到 1952 年 1 月初的时候，刘婉香实在扛不住了，他准备潜逃，准备跑到新疆去，去阿克苏，这个地名是刘婉香听地委一个开卡车去过那儿的司机说的。那司机说，新疆阿克苏大得很，别说藏一个人，藏一个团都找不着！刘婉香准备在三天以后逃往阿克苏，因为三天后是地委机关发工资的日子，刘婉香的工资当时是月薪三元七角，他舍不得这个钱，想领了钱再走。正是这个举动，刘姓特务婉香，自己把自己救了。

三天后的上午，1952 年 1 月 11 日，天津地委和行署召开包括刘婉香在内的全体干部职工大会，地委副书记李克才向大家传达，说刘青山和张子善已于昨日被我党枪决，这是党反对贪腐纯洁党风的伟大胜利！

刘婉香听了，宛若死里逃生一般，顿觉阳光穿透乌云，天空一片湛蓝晴朗！他迫不及待跑去接头的茶楼，给上级送去他的情报。刘特务这份最后的情报，全文如下：

“报告党国一个好消息，我们一直想杀的刘青山和张子善，不用杀了，因为共产党已经替我们杀了！感谢共产党！ 0471 报告。”

第六次暗杀，应该说是明杀，终于成功。

十、刘婉香的最后结局以及身后事

刘婉香是在 1952 年 4 月国民党京津冀绥地下工作站被破获，他连带一起被捕的。在刘青山张子善被处死之后数月，刘姓特务婉香也于 1952 年 8 月在石家庄被执行枪决。

刘婉香有一个儿子，他死的时候儿子只有半岁左右。这跟刘青山最小的儿子情况差不多。为了能使材料更加翔实，李唯辗转在河北鹿泉市境内找到了刘婉香还在乡下务农的儿子，儿子如今已是六旬老人。为了保护当事人的隐私，李唯在此称他为刘儿。刘儿对李唯的到来很冷漠，不愿多谈什么，因为是特务的儿子，六十年来，刘儿的坎坷可想而知。和刘儿短暂接触下来，李唯发现刘儿是有文化的，通文墨，而且，关心政治。大概是由于父亲那样一个角色的缘故，他尤其关心与刘青山和张子善案件有关的政治历史。在与刘儿冷漠的谈话中，有一片刻，刘儿突然激动起来，说了一大通话，概括起来，大意是：毛主席曾经说过，当年我们杀了刘青山和张子善，党清廉了几十年。现在，查出来的干部，贪污多少钱基本上都不杀了，贪污上亿都不杀，而贩毒 50 克就要杀，不知道哪个对祖国的危害更大？既然绝大部分都不用死了，那傻瓜才不贪污！刘青山张子善在地下若知道了，都死不瞑目啊！

李唯正告刘儿：不要乱说。

（此文纯属虚构，请勿对号入座。）

2011 年 11 月写于天津杨柳青寓所

2013 年 2 月改于天津杨柳青寓所

鸭舌帽 |尤凤伟|

尤凤伟，男，山东牟平人。“新时期”开始写作，已发表作品五百余万字。短篇小说《为国瑞兄弟善后》《雪》《隆冬》《风雪迷蒙》《空白》，及中篇小说《山地》《生命通道》《生存》《石门夜话》《相望江湖》《岁月有痕》及《中山装》等颇受好评。出版长篇小说《中国一九五七》《泥鳅》《色》《衣钵》《百合的江湖》等，出版《尤凤伟文集》（四卷本），《尤凤伟自选集》（三卷本），《尤凤伟作品系列》（八卷本，即出），及小说集数十种。

一

在长途汽车站下了车，车窗外悬了大半天的日头已不知所终，姚高潮立在站前广场向四下望望，城市已开始昏暗，天空像铺了一块脏兮兮的黄布，看了让人晕眩；马路上向同一方向奔跑的车流，在他眼里犹同村外小河夏季发洪水的浑浊波涛向下游奔泻。而此时他的心情也如眼望汹涌河水那般惊悚惶恐，茫然无措，似乎自己就要被一只无形大手抛入其间，不知将流落何方。而迷蒙中他唯有一点尚清醒：这里不是久留之地，办完事立刻回乡。这件操蛋事弄得他焦头烂额，早已急不可耐，恨不得插了翅膀寻到一个叫李爱萍的女人，向她告发她男人的奸情，让她成为“一个战壕里的战友”，与自己并肩作战。

他向侧方移动了几步，在一根造型壮美的电镀灯柱下站住，借头上路灯的黄色光亮拨起了电话，这个号码他费了好大周折弄到并烂熟于胸。

哦，电话里说不在服务区。再拨，还说不在服务区。再再拨，仍然说不在服务区。

姚高潮把手垂下，一阵突然袭来的疲惫让他的身子软软地靠在路灯柱上，心中无以复加地沮丧。奶奶个猴，啥个叫不在服务区？服务区是个啥意思？他使用手机的时间不长，所知不多，这种情况从未出现过。这五个字让他一头雾水。

出师不利。

姚高潮寻找住处时天已完全黑下了，城市的黑夜以灯火通明为标志，这让他颇为不解，灯就是照明，看得见就成，何苦亮得刺眼？村子没通电那年月，他在油灯下学习，总能按照爹妈的要求，将火苗控制在黄豆粒大小。一盏灯油能点两个月。而在“村村通电”后，家里所有灯泡不差样是五瓦节能，爹还觉得浪费，四下打听有没有瓦数再小的灯泡。

走在明亮的大街上，姚高潮觉得有些晕眩，脚步踉跄地行走在亮着“空调”“淋浴”“上网”字样广告灯箱的小旅店中间，这些设施的有无他不在意，在意的是住一宿的价钱。

很快，他发现了一个秘密，离大马路愈远的小巷子房价愈便宜。

“大哥，玩玩吧？”

他循声看去，见路旁站着一个描画得像演员样的女孩，眼媚媚地勾着他看。对这情景他倒不犯糊涂，晓得是什么的“干活”。他们镇上就有这路人，以前叫发廊女，现在叫站街女，意思一个样。

“大哥，玩玩吧，不贵的。”女孩热情相邀，粉脸像朵花。

姚高潮的心兀地一跳，下意识地停下脚，眼直愣愣地望望笑盈盈走来的女子。他清楚自己，这码事有生以来没干过，现在也不会破例干一把，可他不清楚怎么竟响应召唤般地停下脚。这时,那女子似乎已看到“商机”，快步走过来，扫他一眼说句：大哥，跟着我。说完，拐进一条短街口。他站在原地不动。

“大哥，走啊，快快快！”那女孩似乎后脑勺长了眼，转回身向他催促着。

他尴尬地朝她摆摆手。

“乡巴佬！”

狼狈逃窜后，姚高潮长叹了一口气，倒不是为女孩的骂，这骂多少是自己“赚”来的。他只是觉得疑惑，这骚货眼咋这么毒，自己没放声就认定自己是乡下人？说起来自己也算得一表人才，许多人说像年轻刘德华，况且临行前也做了一番修饰：在镇上理发馆里理了发，找出一套压箱底的灰西服穿上，黑皮鞋上油蹭得锃亮，一切都没差池，如此这般还被人叫乡巴佬？他委实想不通。

经一看二比三砍价，姚高潮终于在一家个体小旅馆住下。他把行李包往地上一放，接着又拨起电话。“不在服务区”，字字如钉，朝他的脑门扎，他真的犯愁了。

在小店住了三天，连天打电话还是没人接。他想难道是打错了吗？不会，号码是从李爱萍亲哥那里要到的，没道理错。咋办呢？回去？他不舍气。再往下等？可等到啥时是个头？犯难间，他想到在这座城里工作的邻村同学杨柳条（正好春节同学聚会讨了他的电话号码），便掏出手机拨了号，通了，当耳机里冒出柳条的声音，他竟激动得嘴唇发抖。

出门时，姚高潮被染一头黄毛的女老板拦住，用诧异的眼光看，问：夜里你出去了？他怔了一下，女老板说值班的老陈看见你开门上了街，过了半个多钟点才回来。听到这里，姚高潮一下子心明如镜，吞吞吐吐：俺，俺有梦游病……女老板将信将疑，态度却缓和些了，梦游？出去干了什么还记不记得？姚高潮摇摇头。女老板说要这样，晚间得把门上锁，省得出去惹了祸，把俺也连带上。姚高潮不吭声，满脸羞愧往外走，女老板追句：回来再交三天押金……他恨恨想：交个屁，今儿个再找不到那娘们儿，就离开这鬼地方。

根据柳条在电话里的指点，倒了两次公交车，接近中午时来到柳条开的五金店。柳条没往里让，直接把他带到附近的一座大排档吃饭。

喝啥酒？柳条问。

都行。他说。

吃啥菜？柳条又问。

都行。他说，对了，有没有大白菜猪肉炖粉条？

你这人。柳条冲他一笑，去点菜了。

他凝视着柳条的背影，突然觉得怪怪的，怪在他已完全不像个乡下人，衣着，口音，派头，心中不由得生出一丝不解。柳条进城的过程在同学间口口相传，那是三年前，柳条听说自己的妹妹柳枝在城里被一个有家室的老板霸占，怒不可遏，买了把刀，离家进城找那老板替妹妹报仇，可没等靠近，就被公安捉拿，最后还是那老板出面把他“捞”出来。妹妹去拘留所接他出来，一路埋怨，说不该不问青红皂白就杀人，其实老曹（老板）对她挺好的，除了不能给名分，啥都给。又说人分好坏，有钱人也一样。后来妹妹把他带到老曹给买的房子里，他东看西看，几乎不敢相信自己的眼，问：这屋，这东西，都是你的了？见妹妹点头，他长叹了一口气，说，要这样，就过吧，过吧。妹妹没让他回乡，帮他盘下个小五金店，于是就“袜子升套裤”当上小老板。他晓得，同学们说到柳条颇为不屑，其实心里是很羡慕的。自己要是有个好看的妹妹该多好啊，这是他此刻的心声。

没有大白菜猪肉炖粉条。柳条回来告知，又说满世界不是只有大白菜猪肉粉条好吃。

对饮了一大杯啤酒。添满后柳条问：怎么舍得丢下老婆一个人进城呢？

姚高潮闷闷地说：我还回去，不在这儿待。

柳条一笑：说来说去还是舍不得。自然了，有个当老师拿工资的老婆，谁还愿意出来，当光棍儿呢？

老子现在就是光棍！他冲口而出，愤恨溢于言表。事已至此，他也不想隐瞒什么，遂将老婆背叛自己，与学校一男老师勾搭成奸的事一五一十说了。柳条却不显惊讶。

她是玩真的，还是假的？柳条问。怕他不明白，又问句：她想离婚？还是单纯劈腿？

劈腿？他真的不明白，就是胡搞。

她要离。他闷闷地说。

离就离，这年头，谁离开谁不能过。

说得轻巧，要是你老婆和你离……

离啊。

姚高潮惊讶地看看柳条，问，真这个心思？

柳条从烟盒里抽出一支烟，递给姚高潮，又抽出一支衔在嘴上，姚高潮打着打火机点烟。

两人对着眼深深吸了一口。

接着又干了满满一杯啤酒。

反正我不离。姚高潮一脸悲苦，结婚把家里的钱都花光了，离了，到哪儿弄钱再娶？

到城里来赚呀。柳条说，在这儿干一个月顶在家一整年。

我，来这儿，家里的鱼塘让谁管？

鱼塘，鱼塘，你眼里只有个鱼塘，我看你也快变成塘里的鱼了。

姚高潮掏出自己的烟，从里面抽出两支后又赶紧把烟装进口袋里。柳条不接，摇头说：抽一块五的烟，喝一块五的酒，这日子还过个啥劲呢？

姚高潮给自己点上。突然想起什么，问：柳条，啥叫“不在服务区”呢？

柳条不明白，看着他。

他就把给情敌老婆打不通电话的事说了。

柳条说：这说明她去的地场没有信号。

她，她到哪儿去了呢？他自言自语地问。

你想咋？回家？还是在这儿等？

他想都没想说：等。

临走时，柳条把那半盒云烟丢给了姚高潮，似乎又晓得对方不懂自己的意思，直截了当说句：人前，别掏你那烂烟。姚高潮把烟装了,又瞅瞅饭桌,柳条高嗓一吆:服务员，打包!

二

与柳条分手，姚高潮没直接回住处，来时在公交车上他看到一处“人市”，觉得应该去看看，这么在城里待下去，势必坐吃山空，不如找个活干干，填补填补，能攒几个带回家更好。

在“人市”下了车已过晌午，没靠上活的“人”仍在等最后的机会，大口大口抽烟，眼珠随来往人群转，一旦发现像雇主的人便赶紧凑过去：有活吗？有活吗？大多数几乎连眼珠都懒得转，他们便退回原处，解嘲地用脚踢踢摆在身前地上写有“瓦工”“油工”“水暖工”字样的小木板。他知道，自己不属于这类“技工”范畴，便走到一个“强人”样的“力工”面前，问句：小老弟，干力工一天多少钱？强人以教训的口气问：力工是一样的吗？姚高潮问你多少？强人说一天二百。姚高潮有些吃惊，心想吹牛吧，力工二百，那技工还不得三百,四百？城里人的钱就这么好挣？“强人”似乎看出他的不信任，说我是说要二百，人家再还价。姚高潮心想这还差不多，遂又问，一般多少钱能成交？“强人”说，没定规，好天坏天不一样，上午下午不一样，比方现在有人来找工，五六十块就乖乖跟人家去。姚高潮知道他说的是实情，心想要是明天再找不到李爱萍，就来这儿靠活。

回到旅馆房间，姚高潮又给“那娘们儿”打电话，还是“不在服务区”，顿时怒从心起，骂句：操你个妈，想躲老子吗？没门！挖地三尺也要找到你。从这一刻起，他下定决心：不达目的决不罢休。不过说到“目的”，他与柳条讲出口的是找到“那娘们儿”结成联盟，共同应对奸夫淫妇，而没讲出口的是若“那娘们儿”不肯配合，就把她干了，把事扯平。

想到这一桩，他的全身忽地燥热起来，“那玩意儿”也颤了几颤，似乎向他告示着什么。其实用不着告示，他也晓得此刻最想望的是什么，自老婆丁燕不许“上身”，这情状就如潮水阵阵袭来，让他心慌意乱寝食难安。已经多长时间了？起码半年以上，是个周末，老婆从学校回到家，睡下后，他正欲手到擒来，丁燕却推开了他，说了句让他五雷轰顶的话：咱离婚吧。他半天没回过神来，嗫嚅着问：咋，咋的啦？丁燕反问：你觉得咱还能过下去吗？他说能，咱过得不是挺好吗？丁燕问你觉得幸福吗？他打个奔儿，因他不明白她说的幸福是指什么。丁燕叹了口气，说，姚高潮，你连幸福的概念都没有，可我要寻找自己的幸福。他同样不明白她寻找的幸福是什么。第二天出门去，她就没有再回这个家，住在学校里，打电话不接，去找不见，捎话说再见是在办离婚手续的地方。后来，他从别人嘴里得知，她和教语文的曲老师好上了……让他一直想不通的是，自己有什么地方让丁燕不满意，坚决要离婚？

姚高潮被一种狂躁的情绪鼓胀着，像要找个人干仗似的大步来到街上。是三天前进城的时辰，也是寻旅店走过的小街，然而却没有见到那个要和他玩玩的女孩，他冷丁站住脚，一下子明白自己奔出来心里盘算的是哪一桩。

黑下吃了“打包”回来的剩饭，擦擦嘴，又打手机找李爱萍，他一惊，不再是那句“不在服务区”，而是关机。他想，看样从外地回来了。不再拨，到服务台给黄毛老板交了押金。

熟睡中姚高潮被手机铃声惊醒，他摸起迷迷瞪瞪问句：谁？对方——一轻柔的女声反问句：你是谁？他兀地有些慌，语无伦次说，我，我是我。女人轻笑一声，说，知道你是你，你给我打电话了？他“啊”了一声，明白是“那娘们儿”，问句你是李爱萍？对方说我是，你——他赶紧回答，我是姚高潮。姚高潮？对方念了一声，说我不知道你啊。他说，可我知道你，还知道你男人是县一中老师，姓曲，叫曲光芒。对方的声音有些变调，说你知道的事不少啊。又问：你找我有什么事？他说，这个，在电话里不好说，我想见你，当面说。叫李爱萍的对方似乎在思索，过了一会儿说，不行，这阵子我不方便，有事就在电话里说吧。他也想了想，说，行，我先说个大概，让你有个心理准备，我到城里来找你大妹子，是要告诉你一个坏消息，你男人和一个女的胡搞，那女的就是我老婆……叫李爱萍的女人声音平静：这个，我知道的。他惊讶：你知道？知道。他立刻追问：你想咋样？李爱萍说，这个，我不知道。他愤慨：你咋能这么说？你也太懦弱了。李爱萍问你想要咋样呢？他说，这个我早想好了，得当面跟你说。李爱萍说，这一阵子我真的不方便，无法见面。他说，我等，你方便了咱再见。李爱萍半天没吱声，后问：姚大哥，你家里有什么人呢？他说：我，老婆。李爱萍说，老婆已不和你一条心，实际情况就你一个人。他的心痛了一下：可不是的。李爱萍又问：家里的日子靠什么呢？他说二亩地一个小鱼塘。李爱萍问：一年能收入多少？他说除去使费，万八千吧。李爱萍说那还干个啥劲呢？他没应声。李爱萍再问：姚大哥是头一遭进城吗？他说，来过，没待下。李爱萍说，姚大哥你听我讲，依你眼下的状况，也就没必要回去伺弄庄稼了。他说还有鱼。李爱萍说，鱼也一样，市场上的养殖鱼贱成那样也没人瞅一眼，这个，你比谁都清楚的。他没吱声，心想，这女人的腔调与柳条一个样。李爱萍说，要乡下比城里好，谁还往城里跑呢？我看你应该留下来，找个工作，干好了，发达了，还愁别的？老婆自己就跑来找你了，那时说不定你还不想要她了呢。这话让他心里很熨帖，从小就听奶奶说过朱买臣马前泼水的故事，覆水难收，那个薄情女人的下场一直让他觉得很解气，而此刻，电话那头尚未见面的李爱萍向他描绘了属于他自己的“马前泼水”情景，差不多让他血脉偾张了。他似乎看到回心转意的老婆苦苦哀求，原谅她的过失，当然，最终自己是会原谅她的，只要她痛改前非，就一块儿好好过日子。可也只是兴奋了片刻，他的心潮便跌落下去，不由得叹了口气，说句：我也晓得城里好，可自己除了种地养鱼别的啥也干不了。李爱萍说，刚来时都一样，从头学，从头干。他暗自摇摇头，说：两眼一抹黑，从哪儿寻个“头”呢？那边的李爱萍顿了顿说：你打意留下来，我先给你牵个头。他问咋呢？李爱萍说：我给你介绍个能帮上忙的人，她是我的一个好朋友，好姊妹，在一家大饭店当领班，你去找她，她会帮你的忙。

他一时不知作何答，心里倒有些跃跃欲试。李爱萍问：咋样呢？他说行。李爱萍没再说话。他问还有啥？李爱萍说还得说谢谢呀，说完在电话那边开心地笑起来。他明白了，觉得很不好意思，这女人打着哈哈给自己上了一课。

而后，李爱萍把她朋友的电话和工作地址告诉了姚高潮。

扣了电话，姚高潮怔了半晌，悻悻地，自己的老婆一天和自己说不了几句话，而这个没见面的女人在电话里一讲就这么久，她对自己摊上的事不在意，倒对他这个两姓旁人热心帮忙，不由得想，这样的女人，曲光芒那小子咋就不知珍惜呢，倒和别人胡搞？而他妈的这个别人正是自己的老婆，啥事哩？

三

如果在未来的日子里，姚高潮能在这座城市里落根生长并结出硕果，那么今天这个日子便是他一生中的转折点，意义非凡，只是不知到底有没有这个“如果”。

按图索骥。姚高潮在“淮扬楼”饭店大厅见到了李爱萍的好朋友好姊妹李平。第一感觉是城里人：身材苗条，皮肤白皙，眼睛亮且媚，完全符合“好看女人”的标准。好看的李平，这便是他对这个女领班的初始印象。

姚大哥你好你好。普通话字正腔圆，伸出手与他轻轻一握，松开后顺势朝一侧的长沙发一指：请坐。

大妹子……

别，别这么叫。李平笑着说，叫李领吧……

李领？

李领班，大伙习惯叫李领，上班时间这样，其他时间叫李平小李都成。

姚高潮“哦”了声。

在这儿彼此称师傅，你块头大以后我叫你大姚吧。

姚高潮点点头。

会讲普通话吗？李平问。

上学时老师让说，算会了，以后不讲就忘了。姚高潮如实讲。

拾起来，这是家淮扬菜馆，客人多是南方人，听不懂北方方言。

李领你的普通话说得很好。姚高潮由衷地说，李爱萍讲得也好。

李平笑笑说：相信你也能，这也不是千难万难的事。

姚高潮点下头，心里想那啥个才是千难万难的事呢？

李平说：我把你的情况向店长讲了，店长让我定，没见面拿不准，一见面，我放心了，没问题。

姚高潮问：你觉得我行？

李平说：我是说，你给我的第一印象不错。

姚高潮心里略有些得意，想：看来自己这一身深灰色西服是穿对了，当然还有脚下的黑皮鞋，人是衣裳马是鞍嘛。

这时一个穿白色工作服的中年男人从前面走过，看见李平扬手打招呼说句：李领，老家来人了？

李平说：赵师傅，正要跟你讲，206 房的空调坏了，中午前要修好。

好咧。赵师傅应命而去。

姚高潮心中不免疑惑，这个赵师傅咋像那个“卖货”一眼就看出自己是从乡下来的呢？不等想出答案，又听李平说:这样吧，今天回去做做准备，明天来上班。对了，你有什么特长没有？他惭愧地摇摇头。李平说，没关系，餐饮,除了灶上案上,别的一干就会。他说力气活没问题。李平笑笑说，也别打谱老干力气活，人往高处走，水往低处流，要发展，努力努力。李平又笑笑，上下打量了他一下,说明天来别穿西服了。他不解:不允许？李平说，不是不允许，只是……穿套休闲服不挺好的嘛。他仍不明就里。

走出饭店，姚高潮想把这事给李爱萍讲讲，并表示感谢。关机。不久，李爱萍倒把电话打来。他赶紧汇报，说事情很顺利。李爱萍说顺利就好，又说有什么要求只管和李平讲。他说她让我叫李领。李爱萍说你就叫她李领，对了，住的地方……他说我忘问，要不马上给她打电话？李爱萍说，不必，据我所知，店里有单身宿舍，新人可临时住住，签了合同再到外面租房住。他问租房很贵吗？李爱萍说，有贵有贱，没定规，眼下用不着想这个。他说知道了，谢谢你！只听李爱萍笑。

还有时间，他想去找柳条说说情况，忙音，不打了，就直接去他的五金店。柳条坐在沙发上大讲电话，好像是遇上纠结事,柳条情绪激烈,声音抬得很高,有人进门,视而不见。

姚高潮悻悻的，站也不是坐也不是，好不容易等到柳条讲完，柳条把手机摔在沙发上眼瞪着姚高潮嚷：你说他妈这是个啥事哩，刚从我这里借走五千块，回去说是假币，钱是从银行提的，怎会有假？姚高潮问：是朋友？柳条连连摇头，说，朋友我还不这么生气，是亲戚，表弟，宰熟宰到我头上了，这年头就没有能相信的人了。

姚高潮问写借条没有？

柳条说写了。

姚高潮说到时叫他还就是了。

柳条说,还,也是假币，没准早就把假币准备好了呢。

姚高潮说有借条可以打官司……

柳条说，官司这么好打？说不上拿不回钱，还得往上搭。接着像赶苍蝇似的挥挥手，算了算了，权当钱叫老鹰叼走了，咳……

柳条总算让坐了，也总算想起老同学的事，问他找没找到要找的女人。姚高潮本来就是来讲这事的，就按顺序细细道来，直说到刚才从饭店出来。

挺好挺好，柳条频频点头，我说过应该留下来嘛，这不，人家也持同样观点，可谓英雄所见略同。

姚高潮想，你个柳条进城没几天，说话就文绉绉的。他又想起离店时李领对他的提议，不由得上下打量柳条一眼，见他上身穿一件浅色条纹体恤，下身穿一条深色制裤，脚蹬一双咖啡色叫不出款式的皮鞋。别说，这么上下一搭配，看着挺不一般。

柳条被看得不自在，问你看啥呢？

姚高潮就把李平对自己的挑剔说了，接着问：穿西服怎么的了呢？

柳条再打量一眼姚高潮，拿腔拿调说，怎么的了呢，你没听有种说法叫农村人吃上肉了，城里人又吃菜了；农村人穿西服了，城里人换便装了……

姚高潮明白他的意思，却不服气，说，如今公务员不都穿西服吗？

柳条说：不假，是穿西服，可人家是量身定做，穿在身上军装似的熨帖笔挺。你瞄瞄自己这一身，下摆提到腰上，袖子短半截，过时的布料，皱皱巴巴。

姚高潮嘟囔句：从箱子里拿出来，没熨。

柳条抽抽鼻子：说句到家的话，城里人穿西装是自己的，乡下人穿西装是别人的，你说！你这身是不是从城里亲戚接过来的二手货？

姚高潮不吭声了。

换装吧，他告诉自己，就照柳条这身买。

四

上班当天，姚高潮那句颇自信“干力气活没问题”的话便不攻自破，不仅有问题，还大有问题，他的工作是打零杂，哪个环节需要就到哪个环节干。大姚，出去卸车！他就赶紧奔到门外，把采购员老陈从市场拉来的鱼、肉、蔬菜往厨房里搬。不等搬完，面案又有人吆：大姚，去库房搬两袋面！他就去搬面，搬完面回到街上，老陈就火刺刺的，嫌他磨洋工。他觉得委屈，忍不住解释几句，老陈又嫌他态度不老实，话说得很难听，弄得他脸红一阵白一阵，也不敢再说别的。到了上客时间，是饭店最忙乱的环节：引客，点菜，上茶，变更座位，再就是上菜上酒，有多少服务员都打不开点。这种情况下，所有人都把眼光聚在他身上，呼来吆去，弄得他像个陀螺团团转。一俟席散客去，大堂、单间一片杯盘狼藉，又要与服务员一起打扫“战场”。当终于坐下开吃迟到的午饭，浑身有一种散架的感觉，心里膨胀着满满的怨怼，且不晓得是冲着别人还是冲着自己。唯有一条在头脑里渐渐清晰：只怪没有一技之长，哪个都能呼来唤去支使自己，可要想掌握一门技术，也不是件现蒸热卖的事。看来这儿不是能待的地方，还是回家……哦，他轻呼一声，心想：谁说自己没技术？有的，杀鱼。每逢捞鱼季节，都要把鱼拉到集上去卖，有的主顾嫌回去收拾麻烦，就让他把鱼收拾好，一来二去，杀鱼就成了拿手戏。对，和李平讲讲，让自己给灶上杀鱼。正想着，店里传出了争吵声，一雅间的客人因冰镇苦瓜没配蜂蜜出口不逊。也是因为有“底火”，那客人自带了一瓶高档白酒，按店规要付三十元开瓶费，那人舍不得花这份钱，把酒收起，另点了一瓶，火正无处发泄，发现缺蜂蜜的错处。也算吊诡，菜品各家有各家的做法，并没有一定之规，可偏偏这盘不起眼的冰镇苦瓜的点缀小菜，走遍大江南北都不差样地配蜂蜜，像一个师傅教出来的，所以，客人借此发难，店里也无言以对，只得连连赔不是。而后这件与姚高潮本无关联的事就有了关联，负责菜案的齐师傅吆他立刻去外面的超市买蜂蜜“救火”。他奔出饭店大门，才转过脑筋，初来乍到，对周围环境不熟悉，不晓得齐师傅说的超市在哪里。“鼻子下面有张嘴”，这是乡亲们常说的一句话，不是指吃喝，是指打听事情，此刻这句话便对他具有指导意义。他颠着猫步，奔向纷至沓来的各色行人，打听超市之所在。在众多人摇头走过后，有个提菜篮的白发老太将手往前一指，他看见马路斜对面有个店面，拔腿便奔，这时只听“嘎”的一声，一辆面包车在他身前刹住，从驾驶室探出一张怒气冲冲的脸，喝句：不要命了！那一刻他似乎失去了知觉，直到听人吆绿灯了，可以过，他才随人流过了马路，进入那家小超市，然而付款时发现身上没带钱，他简直想哭。平时，只要不是打意要买东西，他是不装钱的，怕丢，丢个十块八块也是一条鱼钱啊。可这个习惯此时给了他重重的一击，打得他晕头转向：怎么整呢？要在村里，他就能先把东西拿走，以后再还钱，这里不行。那么是回宿舍拿钱，还是找齐师傅要？往回奔时他的头脑在翻转着，来到了饭店门口答案才有：对，找齐师傅要钱，比回到宿舍省时，可找齐师傅他心里是打怵的，眼下被客人逼在气头上，怎能容得自己出差池？果如他所料，齐见他空手而归，又张嘴要钱，顿时大发雷霆，喝问：你个老小子，知道公私分明啊，把钱先垫上怕耽误生利息啊！他想解释，可齐根本不听，从兜里掏出一张老头票向他掷过去……

客人吃上了苦瓜蘸蜂蜜，姚高潮却对天发誓，一辈子不会吃这一口。不过还是难忍疑惑，问面案的小苏，吃苦又怕苦，加上甜物，这是咋吃法？小苏开导说：吃苦瓜不是为吃苦味，是为了撤火，现如今的人烦心事多火气大，就吃苦瓜，可又怕苦，加上蜂蜜，这不就把问题解决了吗？

这算啥狗屁问题呢？姚高潮恨恨地想。殊不知，种种“狗屁问题”接踵而来，让他晕头转向。

一个上午没见到李平李领的面，可见了面又能怎么对她讲？干脆说这活干不了，想撤。

好不容易熬到食客酒醉饭饱散去，轮到员工吃饭，已是下午两点多了。大堂里，男三桌女三桌，也有几对男女单独在另桌，姚高潮心想不用说是夫妻档了。这是他在店里吃的头一餐，很在意饭食，发现此时淮扬菜菜馆一下子变成了鲁菜馆，大锅菜：一盆白菜猪肉粉条，一大盆炖土豆块，外加米饭馒头。姚高潮忍不住咽了下口水，想奶奶个猴饭食倒是个养人的地场。看样大伙都饿了，一上来狼吞虎咽地大吃，等吃得差不多，嘴就省出来放声了。先是那个让姚高潮愤恨不已的齐师傅，说，昨晚看了一个新闻，一孕妇到县城生产，孩子生出来，当妈的还没见是啥模样，没了，找不到了，你猜怎么的，是接生的女医生卖给人贩子了。蹊跷新闻天天有，可蹊跷到这种程度就成了天外奇闻，让人“咝咝”吐冷气了。

啥叫近水楼台先得月？这就是了，你想想，偷婴儿还有比接生婆再便当的人了吗？没有。

那是。

这可咋好，医院不敢去，只有在家里让自家亲戚接生了。

让自家亲戚弄？你没听说妹妹把姐姐的孩子给卖了？

这可咋好，只能让男人自个儿给老婆接生了。

让男人干？也不保险，你没听发生过男人背着老婆卖孩子的事？

这可怎么弄啊，怎么弄啊？

姚高潮边吃边听，感叹于世道的凶险，心里沉沉的。而对自己来说，眼下不是怕孩子被人偷，而是能不能有孩子。老婆坚决离婚，这不明摆着照此下去别想有自己的后了。

大姚，你的小孩多大了呀？声音是从“女桌”发出的，姚高潮没往那边看，心想咋哪壶不开提哪壶呢？嘟囔句：咱没孩子……

你，没结婚？

结了。

那咋的不生？

老婆要离婚。

咦……女人一齐发出叹息声，眼盯着姚高潮看。

离就离，大姚，你要个头有个头要长相有长相，还怕离婚？话来自“男桌”。

对，离了再找，这年头，男爷们儿不怕离婚。

可不，三条腿的母猪不好找，两条腿的娘们儿有的是。

放屁！放屁！放屁！“女桌”群起而攻之。

不是放屁，是事实，你没见电视征婚节目，参加的百分之八十是女人，说明什么？说明女人剩得多，男人是稀缺物。

你说的是城里，不是乡下。“女桌”反驳。

可不是，在乡下，男人还是不好讨老婆。姚高潮心情很低落，就说自己，连娶进门的老婆都想跑……

五

从饭后到接待晚上那拨客人中间这一段，是员工一天中唯一能松口气的时辰，有人回到宿舍或附近的租房里休息，有的留在大堂里喝茶下棋，打扑克。

姚高潮回到饭店六楼的集体宿舍，已觉身心疲惫，想躺下眯一会儿，听有人在走廊里大声吆，大姚，出来跟我走——

五分钟后，姚高潮就坐在采购老陈身旁的副驾位上，车就驶上了马路。老陈四十多岁的年纪，男人长了一双女人的丹凤眼，单看面目冷丁难辨是男是女。老陈没讲要到哪儿，干啥。姚高潮不问也不清楚。他忽然觉得搬运这活挺不错，不用技术，来回坐车上看光景挺受用。

上了大马路，老陈的神情有所轻松，从驾驶台上摸起一盒烟，发现是空盒，撇一边儿。姚高潮刚想从口袋掏烟，兀地记起柳条对他说的话，便收手。一路无话。老陈一副不与凡人搭腔的神情，一左一右地扭动着方向盘。

穿过几条马路，老陈把车停在一家菜市场门口，带姚高潮进去，采购了晚上用的各种食材，叫姚高潮提溜着，自己甩着大手回到车旁。装上车，姚高潮心一动，快步到一小摊买了两盒云烟（柳条抽的那种），上车后把其中一盒放在老陈身前，老陈看了没吱声，发动车上路。姚高潮打开留下的那盒，从中取出两支，一支递给老陈，一支衔在自己嘴上，然后快速帮老陈点着。

吐出一口烟，老陈的脸变得开朗和蔼了，不转头地问：哪场人？

姚高潮说了。

哦，山东半岛。老陈笑起来。姚高潮心里犯闷：山东半岛有啥好笑的呢？老陈就说：去年来了一个面案师傅，人家问他家哪里，这人嘴唇厚，吐字不清，说他家在山东半屌……引得大伙儿大笑，后来再有人问，他就只说是山东半……人家说不对呀，还落下一个字嘛，他说落下就落下，不就一个屌吗？

姚高潮苦笑笑，他知道，自从那个老乡名主持人在春节晚会上用家乡话播了天气预报，全国人都学半岛话寻开心。他问老陈是哪里人？老陈说是鲁中人。他又问孩子多大了？老陈说念高中了。他说这么大了？老陈说大，人家齐师傅的儿子都读大学了。他有些惊讶，说，读大学？我看齐师傅的媳妇很年轻，三十出头的样子。

老陈侧目看看他问，你见过齐师傅的老婆？他说，咋没见过，顿顿俩人都在一桌吃饭啊。老陈嘿嘿一乐，说你是说小苗师傅？她可不是齐师傅的老婆。他更惊了，问，那她是齐师傅的什么人？老陈说：什么人？轧伙呗。轧伙？老陈说轧伙是俺们那里的叫法，在城里叫相好，情人，小三……反正咋叫都一回事。他一时脑子有些迷乱，问：那在一张桌上吃饭的男女师傅也都是轧伙了？老陈说对呀。他大为惊讶，觉得不可思议。老陈好像听见了他的心声，说句：这个，以后就慢慢明白了……

说着伸手去摸驾驶台上的香烟。

姚高潮没给他点烟，还怔着，两眼茫然望着往身后退去的街区，一时竟不知身在何处，想：这是哪儿？真共产共妻了吗？

傍晚时分，李平领班出现在大堂，与一个年轻女服务员说着什么，此时姚高潮正在更换沙发罩布，他觉得须和她谈谈，就等着。不久，李平向他走过来，一边给他搭手，一边说今天总店那边有事，过去了。姚高潮问还有总店？李平说，有啊，一个总店三个分店。换完罩布，李平说，这阵子还没开始上客，坐坐吧。姚高潮带情绪说：还有人喊我打扫仓库呢。李平说没关系。他问怎么没关系？李平笑笑说，李领找你说事啊。就对面坐下。李平说，我听说采购老陈向你发火，他就那脾气，别往心里去。他说咱是磨道里的驴，听吆喝，可吆喝来吆喝去该听谁的？李平说，这事不难办，有句话叫先来后到，你搬菜，面案又叫你搬面，你就说搬完菜马上搬面，你不该放下菜去搬面，老陈自然不高兴。他想也是这个理，当时自己咋就没想到呢？李平又说，我还听说为买蜂蜜齐师傅也冲你发了火。他说也是我的错？李平说，这事，齐师傅发火不对，可你也得反思一下。他不服，说我有啥好反思的！李平说，你身上要带了钱不就把蜂蜜买回来了吗？他说我没带钱的习惯。李平说这习惯得改，在家种地可以，在这里不行，说不上啥时就要用钱，一分钱憋倒英雄好汉呐。他想也是的，刚才老陈喊自己去菜市场，若不是临走装了点钱，烟就买不成了。像要证实什么似的，他从口袋掏出个人造革钱夹子，在李平眼前晃晃，李平说快装起来。他一下子警醒：这般不是让人以为是在行贿受贿吗？赶紧把钱夹子装回口袋。李平似乎看透他的心机，笑笑说：放心，没人会在光天化日之下行贿受贿的。停停又说：我是说现在没有男人把钱装钱夹子里的。他问装哪里？李平说口袋不能装钱？他心里又不痛快了，连怎么装钱都有规矩，这城里还怎么待？这时想起自己要找李平说什么事，便说：我给李爱萍打电话，老关机。李平说她忙，有事你和我说说行了。他顿了顿，说我不适合在这儿干。李平问怎么不合适？他说，说不上来，就觉得不适合。李平问：想回家？他点点头，说家里那一摊子事……李平说，实在想回去也行，不过得干满试用期，现在辞工不返还保证金。他说我没交保证金啊。李平说我替你交了。他看看李平问：多少？李平说一千块。他不吭声了。他没想到会这样，李平这女人挺仗义的，不声不响替自己交上钱，自己要走，就应该把钱还给李平。可他口袋已差不多空了。

他问：试用期工钱给不给？

李平说：干满给。

他说那就干满吧。又说：能不能给我换个工作？

李平说：店里有规定，新来的人，除非有专门技能，都得从勤杂做起，就像新大学生开学先军训那般，接受锻炼和考验，如果连这一关都过不了，怕永远一事无成。

他听出李平的话隐含的意思，却不服气，反驳说其实我也是有技术的。

李平问：啥技术？

他说杀鱼。

李平问：你杀过什么鱼？

他说：鲤鱼，草鱼，鲫鱼……

李平淡然一笑：哦，忘了你是养鱼专业户。不过话说回来，你会杀塘里出产的鱼，不一定会杀咱这里的鱼。

他问：咱这都吃啥鱼？

李平说：不是咱吃，是客人吃。比方白鱼、回鱼、鮰鱼、鳜鱼……

他头一次听说叫这种名字的鱼，问，反正都是鱼，还不一样的杀法？

李平说：不一样就是不一样，比方白鱼，又薄又长，南方客人小气，常点半条，就得从中间不差分毫地剖开来，这就需要手腕部分特别给力，眼明手快，手起刀落才能保证鱼切得漂亮。再比方说鳜鱼，要满身打花，那刀工可——不是一天练就的，这个，你到厨房里看看就知道，“术业有专攻”啊。

他似懂非懂地叨咕着：术业有专攻……

李平想起什么，问：听说你当着全体面讲老婆要离婚？

他不晓李平问这个是啥意思，面呈警觉。

李平说，为什么要讲这个呢？这是你自己的事，个人隐私。干吗要让所有人都知道？

他不吱声，心里却不服。乡下人从来就不晓隐私这个词，一个人放个屁，满村人都知道，便说，乡下人……

李平打断说：别老拿乡下人说事好不好？知不知道，咱这饭店除了店长和大厨，都是乡下人。

他看看李平，不相信地问：你也是乡下人？

李平说是。

他摇头说不像。

李平说，不像就对了，像就不对了，进城的人，哪个不是一门心思让自己像城里人，像得越快越好。

李平又说：乡下人像逃荒一样来到城里，今后是好是赖全凭个人造化，怎么干，怎么变，得想想，好好想想。停停又把语气变缓，说，大姚你别有意见，李爱萍把你委托给我，我有责任，不然……好了，以后再说吧。

李平说毕抬腿离去，把姚高潮一个人留在那里发怔。他心里很不痛快，想：李爱萍让你帮我个忙，就以为有权教导人吗？城里再好，可咱在这里活动不开筋骨，又有啥法子？能赶鸭子上架？

六

姚高潮再次梦游是来饭店第三天。当然他自己仍不晓得。早晨起来，同宿舍的面案工小宋问：大姚，黑灯瞎火的怎么出去了呢？他说没有呀。小宋说，你爬起来开门，把我惊醒了，以为去上厕所，老不见回来，就出去寻，这时看见你从楼梯走上来……

这时他明白过来了，遂如实向小宋说自己犯了梦游症。

小宋问，你出去干什么了呢？

他摇摇头。

中午吃饭时，姚高潮让李平叫到一张桌一起吃。李平的脸色不太好看，姚高潮就心虚：难不成又做错事了么？果不其然，李平问他收拾雅间是不是吃了客人的剩菜？他有受责的心理准备，却没想到是这一桩，便没当回事，问句：有人向你打小报告了？李平说，不管是不是有人打小报告，到底吃了没有呢？他只得承认吃了，却有说辞：几样菜只动了动，丢了太可惜。李平说可惜也不能吃。他问为什么？李平说，不为什么，就是不能吃。他说我看见女服务员……李平打断说，女服务员偷吃还有情可原，女人就是女人，男的绝对不能做这等事，怎么和你说呢？这有关尊严，男人的尊严。他不再说什么，其实当时他也犹豫能不能吃，也怕别人看见，可最终……

李平叹了口气，说，这也难怪，许多事一开始都是不清楚的，以后注意是了。

他听着心里很不是滋味。

李平又说：等哪天休班，请你出去吃饭。

他抬头看看李平，问：你请？

李平：算我替李爱萍请你吧。

他仍不解，问：李爱萍让你请我？

李平点点头。

他问：她为啥要请我？

李平想想说：她欠你的。

他问：连面都没见，她欠我啥呢？

李平一笑：她男人抢了你老婆啊。

这话一时让他脑子转不过弯来，便说：不错，她男人是抢了我老婆，可，可我老婆也抢了她男人呀！

李平说：这倒是，不过情况是不一样的。

他问：咋不一样？

李平说：这事你在意，李爱萍不在意。

他问：这么大的事，她咋就不在意呢？

李平的神情黯然下来，要说什么又停住，过会儿说：凡事有个常理，夫妻间，一方移情别恋，说明这婚姻已经死了，死了就没有办法救活过来，分手是最佳选择。

他有些吃惊，问：李爱萍同意和她男人离婚啦？

李平说：应该会同意的。

他有些急：她要同意离婚，那我咋办呢？我还指望……

李平：组成联合阵线？

他说：对，可她一妥协，我只有单独作战了。

作战？李平摇摇头。

这时，“男桌”那边突然有人放起高声，所指明确：大姚，你说说，咋起个姚高潮名字呀！

他朝“男桌”看时，听李平悄声说是电工庄胖子，长红鼻头的那个，这人烂，别理他。

他收回眼光，继续吃饭。

那边庄胖子却不想收兵，又发声：大姚，在家你老婆咋喊你？也喊要（姚）高潮？要高潮？

有人在笑，说明听懂了庄胖子狎昵秽语，他怒从心起，却不知该如何回应，不由得看看李平。

李平朝那边吆句：庄师傅，饭堵不住你的嘴啊！

庄胖子油嘴滑舌：报告李领，本人吃饱了，吃饱了。说毕又转向姚高潮：人家要高潮得赶快上劲给高潮，跟不上趟，不和你离婚才怪！

又是一阵笑。

李平问：你得罪过他？

他摇摇头。

李平说：这厮无理，得教训教训他！

咋样呢？他用眼光询问。

把他扔到大街上。

得了将令，他站起身，走到“男桌”前，用手指着庄胖子，压低声音：咱出去！

庄胖子：到哪儿？

他用手指指门外。

庄胖子懂得了对方的意思了，却纹丝不动，问：干吗要出去？

别把血溅到别人身上。

庄胖子一惊：你，你想打人？

打的不是人！姚高潮上前一把揪住庄胖子的前胸，把他拖离座位。这时全体怔住，像没看清楚发生了什么事，寂静无声，只在一瞬，庄已死狗般被拖出老远，当是认清了形势，他顺势倒在大理石地面上，眼望着姚高潮连连告饶：停停，大姚，停停，大姚……

姚高潮没停手，按李平要求将他拖到饭店门外，扔下。

店内一阵叫好。

后来他问李平怎么料他庄胖子会服软认输。李平说，她清楚，庄是个狼心兔子胆的主，你战，他就败。后来他就想，李平随时随地教自己人生道理啊，包括这回治理庄胖子……

七

姚高潮正要给老婆丁燕打电话，却接到一个陌生女人的电话。他是临时起意给丁燕打电话的，尽管她早不接他的电话，可他还抱有幻想，隔一段时间拨一次。这回为寻求同盟者来到城里，还没给她打过，主要是心里发虚。电话铃响起的那一瞬，他竟异想天开，希望来电话的是丁燕。

你是……他的心乱跳。

大姚，我是薛小英呀。

他啊啊了两声，一时想不起这个称薛小英的女人是谁。

我，我是面案的小薛师傅呀！对方进一步明确。

啊，小薛师傅，是你呀，找我有事吗？他问。眼前浮现出一张清秀白净的面庞，在他眼里，也属于“好看的女人”。小薛师傅专做夹肉面饼,对他挺友好,那天“治理”了庄胖子，还朝他竖大拇指。

东西太重，帮帮忙吧，这么晚了，不好意思。小薛师傅向他求助。

行行，他痛快答应，你在哪儿？

几分钟后，他来到饭店侧方一个绿化三角地，小薛师傅身前有两个鼓鼓的编织袋。

小薛师傅说她请陈师傅在菜市场买了些东西，本想自己拿回家，可太重了……

这对他是小菜一碟，二话没说把编织袋一手一个提起来，也不觉得重，心想女人和男人倒底有差别啊。他跟在小薛师傅后面，走出三角地，穿过一条明晃晃的马路后，进入一条昏暗的步行街。他知道这是一个待迁街区，店里不少员工在这儿租房住。

两人脚前脚后，开始都不说话，就像脚夫替人送货那般。而后小薛师傅放缓脚步，侧转头说：庄胖子要帮我送，死乞白赖的，我不用，烦他。他不作声。小薛师傅：那天你教训得好，他那种人，欺软怕硬，终于遇上个吃生米的了。他问庄是哪里人，小薛师傅说好像黄河边上。他一头雾水，黄河长了去了，从中国西流到中国东。又听小薛师傅说：对了，他那里出枣。他想那是乐陵了，乐陵小枣全国有名。

边说边走，从后面跟上来一对男女，女的叫了声薛姐，男的叫了声大姚，回头一看，是饭店里俩员工。小薛师傅说，我买了些东西，拿不动，让大姚帮忙……女的轻轻一笑，男的说大姚体格棒，找他算找对了。两人脚步急，很快就走过去了。小薛师傅说，他俩住在前面。他低声问：两口子？小薛师傅说，不是。他问不是两口子咋住一块儿？小薛师傅轻轻一笑，说，这个，你赶几步去问他们呀。他自然不能赶上去问，却想起了陈师傅那一对以及吃饭看见的一对对“露水夫妻”，心想这些人咋的就明目张胆地胡轧伙呢？他不由想起自己老婆和她的姘头曲老师，心想他们在学校里也是这般无所顾忌地明铺暗盖吧。他的心揪了一下。

到了。小薛师傅在一间平房前站住。里外都简陋。毕竟是女人住，屋里收拾得很整洁。床单平整，被子方方正正。床对面是一张半新五斗橱，上面摆了台电视机和一个白色物件。只听小薛师傅说坐坐吧。他说，不坐了，太晚了，小薛师傅你早点歇着。小薛师傅笑起来，映着灯光眼亮亮的，说，别一口一个小薛师傅好不好？他问那咋叫呢？小薛师傅说：你坐下，咱论论。

在一个方凳上坐下，小薛师傅就开始“论”了，问你哪年的？他答：八四。小薛师傅一笑，说我八一，好哪，女大三，抱金砖。他想说啥呢乱七八糟的，却记得那年媒人上门给他提亲，说女方大三岁，他妈喜得合不拢嘴，说女大三抱金砖。这事就成了。小薛师傅说：你比我小，以后就叫我薛姐吧。你块头大，我还叫你大姚，行不？他说行。小薛师傅得寸进尺，说现在就叫声薛姐我听听。他听话地喊了声薛姐。不料，这一声薛姐让小薛师傅兴奋不已，一下子站起身，说姐给你洗桃子吃。撩开门帘到厨房里去了。

听着哗哗的水声，他站起身，像寻找答案般踱到五斗橱前，这时才看清白色物件原来是一个被翻转过去的相框。他犹豫了一下，还是翻过来看了看，是合家欢，薛姐和一个光头男人并排坐，中间有一个同样光头的四五岁男孩。他一时木讷迟钝，又听水龙头的水声停止了，便赶紧将相框再翻过去。

吃了一个桃子，他便离开了薛姐的小屋。

姚高潮回到六楼宿舍，见小宋还没睡，趴在被窝里看一本医书。这些天，小宋突然对医书有了兴趣，得空便看，如醉如痴。抬眼见他进来，略显惊讶，问，你不是去小薛师傅那里了吗？咋又回来了？他心想就奇了怪了，这事没声没张，也就一会儿工夫，咋的就传到他耳朵里了？他没好气说：我不回来能咋？小宋笑笑，说，你个大姚，真是不解风情，这么晚了，人家让你去家里，心思不是明摆着的吗？他问：啥心思？小宋说，这还用问，你呀，我看要么上头有病，要么下头有病，反正不怎么健全。他明白小宋的意思，说，我哪儿也没病，只是知道不能干伤天害理的事，人家三口之家，过得和和美美（他从合照上确实看出了“和和美美”），咱硬插一杠子……小宋不住摇头，说，行了行了，你高尚，可高个三年五载，就晓得高尚是件不容易的事了。那玩意儿要闲上……他突然想起什么，问：那你呢？小宋说：我和你们不一样，和女友虽然不在一块儿，可正筹备结婚，当然不能胡来。他知道小宋的一些情况，女友是中学同学，眼下在烟台打工，只等结婚便迁过来。他问：今年能结婚吗？小宋说那得看经济状况如何了。他又问买房了吗？小宋把书往床上一丢，叹了口气，说，每回打女友的电话，都先听到潘美辰的“我想有个家”，咳，女人就是对家……我不能让她失望。

他同情地点点头说：买房攒够钱也不容易呀。小宋抬头盯着头上的节能灯，说，不是有句话叫光明在前吗？只要心里装着大目标，总能开山劈路……开山劈路？他问：山在哪儿？路在哪儿？小宋不语。他看看反扣在床上的医书，似有所悟问：你想现学现卖，当江湖骗子行医赚钱？小宋连忙否认：咱不能干那缺德事，再说有心行骗也得有点道行才成。他打破砂锅问到底：那你到底想出啥赚钱的法子呢？小宋迟疑了许久，又像怕被人听到般压低声音：对你讲，我正从事第二职业，当试药员。他头一回听说有这职业，问啥叫试药员？小宋说药厂研制出新药，临床前先给健康人吃，看有没有负作用。他十分惊讶：乱吃药？你疯了！小宋摇头说，我没疯，很正常，发展是硬道理嘛，要向前开拓顾不了那么多。小宋把眼睛从节能灯上移开，看着他，说：其实也没啥可怕的，我已经吃一个多月了，化验结果正常，也没觉出有啥不舒服。他问干这个能挣多少钱？小宋狡黠地笑笑，说：这属于商业机密，人家不让说，咳，反正比挣工资高多了，否则……

向死而生。睡下后，他脑子里跳出这几个字。着实为小宋担忧。

八

中午接到柳条电话，问他吃饭了没有。他说没有，客人散了才能吃。柳条说客人散了你就过来，咱俩一块儿吃。他问有事吗？柳条说对。

换了饭店，不是上回那家大排档。店不算大，却雅致整洁，柳条提前订了一个小单间。进去后姚高潮拿眼四处扫扫：这儿是不是多花钱？柳条说，有最低消费，我不用，和老板熟。他说要多花钱就到大厅里。柳条说在这儿说话方便。他心想柳条这么郑重其事看来有事。

话头还是先说到姚高潮的现状及何去何从。他告诉柳条，那个李爱萍把他荐到淮扬楼已半个多月，一直未见面，那个李领倒是对他负责，只是样样挑剔，说他这不是那也不是。柳条笑，说，这就对了，不丢掉一身庄户毛病，怎能在这里立足！他说我也没打算在这里立足。柳条说，先别急着下结论，往前走着看。不过，你要是信得过老同学，不妨听听我的建议：树挪死，人挪活。

一辈子“三亩地一头牛，老婆孩子热炕头”，这是老辈人的生活理想。现在什么时代了，还抱着这一套，可悲不可悲？可笑不可笑？他不服气，说各人情况不同。柳条说，你的情况不就是要离婚？你不舍气，老同学，要有更高的人生目标啊！

正说着，服务员端上菜，柳条问咱喝白的？姚高潮连忙摆手，说，不行，喝高了又会招李领批。柳条笑笑说，一口一个李领，李领漂亮吗？他说挺漂亮。柳条又笑。

喝啤酒。姚高潮给自己定的量是一瓶。说反正没人，“吹”得了。说着，抓起瓶子往嘴上对，被柳条吆住，说干吗呐，没人，服务员不是人？见了多不雅，嘴里不说心里瞧不起。他悻悻地把瓶离嘴，往杯里倒。

碰了一下杯，干了。柳条言归正传，说找他是为妹妹柳枝的事。柳枝怀孕了，去医院照了照，是男孩，孩他爹曹总只有一个女儿，就想让柳枝把孩子生下来，为曹家延续香火。

这，这是喜事呀。他由衷说，来，为柳枝干一杯。

柳条踌躇了一下，还是干了，抹抹嘴说：只是后面的事挺复杂的。

他问：复杂啥？曹总和老婆离婚……

柳条挥手打断：复杂就复杂在不能离婚嘛。

他懂了。不和老婆离婚，又想白捡个儿子，这事的确不好解决。自言自语：这事可咋办呢?

柳条说：倒也不是没有办法，曹总已做通了老婆的工作，同意收养一个儿子，下一步，就“定向”收养柳枝生下的孩子。

“定向”？咋个“定向”法?他问，生下来就抱进曹总家?

当然不行，柳条说，正式领养孩子国家有法律规定，很复杂，只能想办法钻法律的空子。

他侧耳倾听，柳条清清嗓说：事情要朝这一方向发展，首先柳枝要有一个男友，“认”柳枝肚子里的这个孩子，然后一起到医院生下来，然后俩人一齐失踪，然后孩子就到了社会福利院。只要成了社会福利院的无主孩子，曹总就有把握把孩子收养到手。当然要花钱，方方面面，包括那个名义上的男友……

这事倒真是复杂呀。他心里在想。

热菜一个一个上，他叫不上名堂，却觉得都高档，加上柳条一杯接一杯敬酒，也敬得他有些诧异。他抬眼望着柳条，试探着问：柳条，你让我来……

柳条说，咱是老同学，就不虚言假语说见外话，今天让你来是想和你商量，你来做柳枝的假男友。

我，我有老婆呀！他提醒说。

你那也算有老婆？柳条也提醒他。

没离婚就是我老婆。

对，可别忘了，人家要和你离，早不承认是你老婆了。

他哑口，心想揭人不揭短，打人不打脸，你个柳条也太不给人面子了。

柳条说：我奉劝老同学不要执迷不悟，赶紧把婚离了吧，轻轻松松演这个“角”，这样赚钱的机会打着灯笼也难找，这些……柳条握起一只拳朝他晃晃。十万？他略为有些吃惊，但没问出口。

中不中？柳条问。

他摇了摇头。总体上他觉得自己不能干这种“他妈妈”的事。

柳条叹息一声。

他心里突然有种没来由的烦闷，想尿，就出来上卫生间。回来经过大厅时，见一把椅子的后背上挂着一顶帽子，是鸭舌帽，他晓得是客人落下的，抬眼见周围没人注意，便不当回事地拿起扣在自己头上，摇摇晃晃进了房间。

先生，你，你走错门了！柳条望着他，一脸的错愕。

柳条，你咋啦？他同样错愕。

哦，奶奶个猴，奶奶个猴，柳条认出这个戴帽子的人是谁，解嘲说：你他妈从哪儿弄个帽子，一下子走相了，简直认不出来了。太酷了！太酷了！

他把帽子摘下。

柳条说：别摘别摘。说着替姚高潮把帽子戴上，端详着说：你知道我想起谁了吗？阿宝，唱陕北民歌的那个阿宝，平常他头上缠白毛巾，是不折不扣的羊倌，可一戴上鸭舌帽，人就全变了，像影视明星，也像黑社会老大。

他苦笑笑，把帽子摘下，揉巴揉巴装进裤袋。然后向柳条告辞，说，要误了下午上班，又要挨李领的批。

九

挨李平的批倒不是因为上班迟到（确实迟了十分钟），而是……

李平板着脸：储物间进水了，泡了很多东西，水是从员工洗手间进去的，有人说你打扫完卫生间急着走，忘了关水龙头，是不是这样？

他想了想说：关了。

李平：你记准了？

撒谎是王八。

李平说：用不着起誓。这儿不兴这个，不是你的责任，否认就行了，但要咬住，稍一含糊，人家就不相信了，记住了？

他点点头。

李平又说，我和店长已商量好了，你从明天开始不再做勤杂，传菜。

他知道传菜这活计比勤杂轻松得多，也不用听从别人驱使，便说谢谢李领。

李平说我让薛姐带你一两天，她熟，人也挺好的。

为啥让薛姐带？莫非……他不无疑虑地寻思。

姚高潮回到宿舍，小宋已在，正甜言蜜语打电话，这是小宋在宿舍里的常态之一。另一项就是大翻医药大典，也如往常，见姚高潮回来便匆匆收电话，说：我见李领找你，是不是为水龙头跑水的事？

他点点头。

小宋问：急着往外跑，疏忽了？

他说，我关了水龙头，不是我的事。

小宋问真这样？

他说，真不是我的责任，我发誓……

小宋说，要这样，就是庄胖子诬告。

庄胖子？

小宋，说，庄胖子说他亲眼看见你忘了关水龙头……这里有一个逻辑问题，既然他看见你离开洗手间时水龙头哗哗流水，为什么不赶紧关了，而等到淹了储物间再讲出来，讲不通嘛。

显而易见是庄胖子故意制造事端，发泄对他的愤恨，便说，那天我让他在大伙儿面前出了丑……

小宋说怕不光是这一件。

他问：那还有啥？

小宋看看他：还有……薛姐呀……

薛姐……他也看着小宋。

小宋说：你来得晚，不晓得，庄胖子一直缠着薛姐，薛姐不应。

他问：他家里没老婆？

不等小宋回答，他便意识到问得多余，齐师傅（还有其他人）家里也有老婆，不照样……他记起有句“老革命遇到新问题”的话，心想，看来他们进城打工的也遇到了新问题，可用这种方法解决，合适吗？他把自己的疑惑说给小宋听，询问他的看法。

小宋寻思了一下，说，这事还真他妈不好说，肯定不对，可……不是有句话叫存在的就是合理的吗？看来只能这么往上靠了，像咱店里一对一对的“轧伙”，各有各的老婆和男人，可一年也就见个一面两面，有和没有又有什么两样？个顶个饿狼似的，所以也就……庄胖子是没人稀罕他，就死乞白赖犯邪劲，他是发觉薛姐对你有意，就羡慕嫉妒恨。

他突然有所警惕，盯着小宋说：他不晓得薛姐让我帮她送东西的，怎么……

小宋说：怕是让他盯了梢，薛姐晚上下班，他经常跟在后头，这个，店里的人都知道的。

是吗？他有些后怕，要是那晚真留在薛姐家……

小宋似乎看透他的心思，笑笑说，也用不着担心，咱店里那么多“轧伙”夫妻，他不也是看着干瞪眼吗？

他突然想到另一个问题，问：他们公开一块儿吃，一块儿住，干吗不躲避躲避呢？

小宋说：手打鼻子眼前过，躲避得了吗？与其装模作样地偷鸡摸狗，还不如光明正大算了，这样才不累。

他无语。他对许多事情都无语。

小宋又说：知道庄胖子这德行，以后防着点就是了。哎，你今天到哪儿去了呢？

他就把柳条找他的事原原本本告诉了小宋。

小宋摇头说：啥事都难不倒有钱人啊。

十

就在姚高潮跟薛姐班的那天，灶上的齐师傅摊上麻烦事了。因姚高潮正忙于为雅间客人服务，不在现场，故所知情况是听别人描述的。当是听到了什么“风声”，与齐师傅“轧伙”的小苗师傅的男人从老家赶来了，怒气冲冲要找那个“狗日的”算账。正巧那时齐师傅正在仓库里取东西，有人赶紧给他打电话，通报让他千万别出来，躲一躲。齐自然是好汉不吃眼前亏，就坐班房似的“猫”在黑屋里。通过手机打探外面的情况。开始，小苗师傅的男人像一头发怒的狮子，亮出把刀子说非把“狗日的”阉了不可。任人劝说都不听，当是解铃还需系铃人，后来小苗师傅向男人放声，说再闹就离婚，“离婚”两字像一贴药，立时把那男人粘住了，偃旗息鼓。小苗师傅也答应跟他回家。后来他还听说，当齐师傅明白不再会拥有小苗师傅时，在电话里泣不成声。尽管为买蜂蜜的事一直对齐耿耿于怀，可听了这个，心里也很不是滋味儿。

经薛姐用心“传帮带”，他几天工夫便适应了新工作，只是直接与客人打交道，需小心谨慎，周到得体。那句“客人永远是上帝”的话，反过来就是服务员永远是孙子。殊不知孙子也不是好当的，遇上难伺候特别是喝高了的客人，稍有差池就招一通“狗屁呲”，再冤枉也只能承受，顶多像阿Q那般在心里骂句“孙子熊老子”了事。薛姐经得多，性子也绵，遇事总能化干戈为玉帛。比如把客人引进房间，出来时就会提示他，“那女的不是盏省油的灯”，“那个男的面不善”。再比如要是客人自带酒水，一开始就要告知须付开瓶费，若客人提出抗议，不与他争辩，反正最后是在吧台结账，客人发火也发不到咱身上，说不定醉醺醺早把这事忘到九霄云外。还有，对一些更为微妙的事体要应对得当。比如要小间的男女，男老女嫩，多为偷情；如年龄相当，就难说什么关系，或夫妻或相好或一般朋友。对前者，做好服务后就退到门外，再进须先敲门；对后者则可随便些，客人要是觉得你碍事，会自己提要求。

习以为常，备而无患，但也并不绝对，许多情况会猝不及防出现在面前。比方那天中午进小间的一对情侣即如此。

中午面案吃紧，薛姐被叫了过去，姚高潮自觉已能单独应对。自然是先点菜，他站在这对男女身后，等着记菜名，因光线较暗，又背对客人，只能听声音。男人说你看看想吃什么，只管点。女的说我哪会点，头一遭吃淮扬菜。男的说正因为没吃过，才让你来品尝，保准吃了还想吃。女的嬉笑说，你要做广告啊？男的也笑。后来说你不点，我就全权代理了啊。便一样一样点了菜，四凉六热。姚高潮心想，两个人点这么多，够浪费的。

将客人引进小单间，他才看清是一对年龄相当的男女（难断是夫妻还是“轧伙”），男的很健壮，也很喜相，穿一件灰体恤。女的面庞很白，眉眼细长，也属好看的女人。落座后，男的拿出一个袖珍茶筒，说：泡一壶茶，饭店的茶没法喝。

茶端上来，给斟到杯子里。男问女喝什么酒。女说，下午有课，不能喝。男的很惋惜，说，这算咋回事，下次在没课的时候聚。又说：一杯果汁，一扎啤。

取果汁和扎啤的时侯，他起码清楚两点：这一对肯定不是夫妻，女的是名教师。不知怎的，这一瞬间想到自己那个当老师的老婆，心里顿生反感。

也许是神情恍惚，把四样凉菜摆上桌竟忘了报菜名，正欲转身出去，只听男客人一呼：报菜名啊！他立刻回过神儿，报告：水晶肴肉、盐水鸭、风干鸡、雪菜笋丝。

名堂不小呀。女客人两眼亮亮说。

真名堂还在后头哩。男客人有些得意，什么都有学问，舌尖上的学问最要紧，民以食为天嘛。说开来，中餐菜肴有四大风味八大菜系，人们常说的鲁菜是宫廷菜，粤菜是商贾菜，淮扬菜是文人菜……

所以你们写文章的人都喜欢淮扬菜了。

男客人脸上荡开得意的笑。说：也算是吧。他端起杯子向女人举举：人生得意须尽欢，莫使酒杯空对月……来，我们干杯。

上热菜后，他大部分时间是站在门外，这属于不打扰客人的“潜规则”，另外他也实在不愿听那个“写文章”的男人对女人酸溜溜地卖弄。自己不是文人，可文人见过几个，他村子后面有一座山，山上有一座据说是明朝建的小寺，不时有城里的文人来朝拜（他们的说法是采风），村支书先请吃一顿“农家宴”，然后带上山。他们迎着山风意气风发，大发感慨：多么美的地方啊，蓝天白云，山清水秀，神仙待的地方，真想留下来呀。当然没一个人留下来，靠写文章好不容易写出个城市户口本，哪舍得丢弃呢？这也能理解，可你不能嘲弄乡下人啊，好像庄稼人住在乡下赚大便宜似的。

当然这都是一闪而过的想念，要不是后面发生了一件让自己抓狂的事，当会很快忘记这对一餐吃了八百多块的偷情男女。

是在那之后的第三天，还是第四天？他记不准，反正那时已开始“独立”工作，中午，又来了一对要小单间的男女，这样的一幕每天都在上演，不稀奇。可不稀奇的事让他看出了稀奇：他认出那女人正是那天和“写文章”男人一起的女教师，那男的他也认识，却不是那个“写文章”的作家，这“另一个”男人也是那天出现在饭店，在教师、作家情侣双双离去后，这人找到了他，询问刚走的一对都点了什么菜，他很觉奇怪，问这个没来由。而这时李平教导的那句“顾客永远没有错”的话起了作用，便如实讲了，那男人记下来便匆匆离开。而今天这个男人与女教师结了伴，就弄得他云里雾里，像发生在谍战片里的事。顺着这个开头“看”下去，后面的情节就更让他目瞪口呆，这男人先让女教师进了房间，自己去点菜，点的与上回一样不差。进屋后冲女教师笑笑，说，老婆，今天一是品尝张处一再宣扬的淮扬菜，二是纪念咱们结婚十五周年。他的心豁然开朗：俩人是夫妻啊。女教师说等祺祺旅游回来一块儿多好，就是不听，固执！男人又笑笑，说要的就是二人世界嘛。边说边从包里拿出一瓶葡萄酒，他说，先生，按规定要付开瓶费的。男人翻他一眼说：我说过不付了吗？他赶紧道歉，一边开瓶一边想：一个叫老婆戴了绿帽子的人，还这么大脾气。刚想到这里，便不由得与自己挂了钩：你他妈姚高潮有啥资格嘲笑人家，你不同样被人戴了绿帽子吗？心情顿时低落。

悬念早早解开，老夫老妻下馆子，再平常不过的事。可他心里还是有一个疑团，这个当丈夫的分明知道老婆与人胡搞，且跟踪而来，不当场揭穿，反倒另寻日子在同一场合请老婆吃同样的菜,这当间有啥个“弯弯绕”？真是看在眼里，不明白在心里。

开席了。当四个与上回相同的凉菜摆上桌，男人微笑着与女人碰杯。接下来夫妻间话并不多，说的也自是家常话，爷爷奶奶这个，姥姥姥爷那个，当然稍多些的还是那个外出未归的“宝宝”。把上高中的孩子叫着宝宝，他觉得有些可笑。

头道热菜是大煮干丝。他报了菜名。女教师现出新奇而有兴味的神情，先品尝，说句不错。

再上的是水晶虾仁。女教师夹了颗油津津的虾仁送进嘴里：嗯，不错，不错。用的是电视上主持人品尝美食时惯用的腔调。

第三道是清炖蟹粉。女教师看看似乎迟疑了一下，不过还是吃了口。

男人望着问：怎么样？

女教师声音勉强：也不错。

红烧狮子头。他报。

也就在这一刻，女教师似乎意会到什么，眉头一皱，脸色一丝一丝变得难看，放下筷子，把酒杯往前一推，凝神不动。

吃呀，此狮子头非彼狮子头也。男人说着夹了口送进嘴里。

作为局外人的他，此时方明白了这男人如此这般之用心，是告知这女人，她所作所为他是清楚的。心想这男人真是有心机啊，至于这样做是完全的精神凌辱，还是善意提醒促其改邪归正，他自是无法猜测了。而这件发生在自己眼皮子底下的事，实实在在让他大开眼界。原来世界上的许多事都是有玄机的，包括夫妻关系。他知道如果这类事发生在他们乡下，处理起来那是很直截了当的，要么以武力（包括后期的法律）解决问题，要么以一方忍气吞声为代价保全这个家，就像自己现在的所作所为。他的心隐痛。

当事人心照不宣，却又不动声色，僵持着。而他，自是继续着自己的“角色”，上菜报名：油焖笋……当把最后一道松鼠鳜鱼端来，满脸灰白的女教师腾地从座位上起身，扫了男人一眼，说句，好样的，好样的！随之甩手而去……

事后，他觉得自己像看了一场戏，倾向上他完全站在那“男主角”一边，“女主角”狼狈逃窜让他生出一种隐隐的快意。

他没料到的是“戏”还有下半场。

当客人渐渐散去，员工准备用餐，李平神色异常地找到了他，先问了一下刚才小间饭局的情况，然后告知：那女的又返回来，大发脾气，指责饭店丧失职业道德，说要与刚才的服务生理论。他听了顿时火冒三丈：妈的，这个世道，做了见不得人的事却能大大方方地摆上桌面。后面李平所说的让他道歉认错的话一句也没有听进耳。

走进大堂时，那女教师已被人安抚在沙发上，一副怒火填膺的样子，从侧面看过去，他蓦然发现她那刘海烫个反翘小波浪的发式与自己老婆的发式竟无二致，这种发式看上去给人纯真的感觉。这一发现让他的愤懑无端升级——装什么？装！长久以来所经受的屈辱一下子涌向心头，他一步一步走过去，瞪着她，抬声发问：你，你说，我做了啥个需要向你赔礼道歉？

女教师先是一怔，不自觉地站起身来，一时语塞，当回过神来，厉色重新挂在脸上，质问：做了啥事难道不清楚？他说我不清楚。女教师：你暴露别人的隐私！啥个隐私？菜名。菜名是隐私？女教师蛮横：就是就是。这一刻，他觉得站在面前的女人分明是自己的老婆，那冷冷的神情，那逼人的口气，他再也压不住心中的愤恨与怒火，高声痛斥：你以为你是谁？你有多么了不起？还不是两条腿支了个屎肚子！凭着好好的日子不过，走歪门邪道，对你讲，人做缺德事是要受到报应的，若不改过自新，早晚要倒大霉……

女人完全给骂傻了，随后捂着脸奔出酒店，像只斗败了的鸡。

这一幕就发生在李平与众员工面前，姚高潮对女顾客的斥责令所有人瞠目结舌。事情本不该这个样子的，可大姚生生改变了惯常的店客应对模式，孙子成了老子。大姚让人们感到陌生，当然，也有人（包括李平）担心那女人不会善罢甘休，会卷土重来报一箭之仇。却没有，还好，那女人再没有露头。于是，就有人发出感慨：看来蔫人也不是好惹的呀。也许只有姚高潮自己心里清楚，这女人只是他的一个出气筒，她劈腿与自己没有一毛钱关系，她当了丁燕的替罪羊，吐出一口久积于心的恶气，无比畅快。

十一

立了秋，一早一晚凉快了许多。热的时候，客人留恋于饭店免费的空调，拖到很晚才走。现在好了，客人酒醉饭饱之后或回家或进行别的休闲项目，如喊一喊、蒸一蒸。如此，饭店也能提前下班了。自薛姐回到面案，姚高潮与她接触就少了，偶尔在走廊或大堂相遇，薛姐都会对他甜甜一笑，笑中含有一种在他看来不同寻常的意味儿。平心而论，薛姐是一个各方面都不错的女人，店里许多男员工都对她“惦记”着。至于自己，那晚从薛姐家回去，小宋咬定了薛姐对他有意思，后来自己一直想这事，在老婆丁燕出轨的前提下，自己就是和薛姐好了，也没啥了不起，这是一方面。另一方面要薛姐真存那个心，自己不响应，对她也是很大的伤害，他感到不安。

这天下班他没急着回宿舍，此时小宋一定会趴在被窝上给小对象打电话，他不想破坏人家的甜甜蜜蜜。走到大堂，发现沙发没人坐，便径直过去坐下来，凝了一下神，从口袋里掏出手机，拨了李爱萍的号码。他觉得已快干够一个月的试用期，何去何从他感到迷茫，得从李爱萍那里讨个说法，当初就是冲她来的。而她把自己荐给了李平，一直不肯露面，无论如何要找到她。

关机，再打，还是关机。他发着怔，一怒之下，拨了老婆的电话。这遭通了，响了许久也不接……心想这娘们儿是铁了心不弹自己这根“弦”了，他断是想不通，一个女人怎么就能这么铁石心肠？有一回问她为什么不给他一点机会，她回答得挺“学问”：给你机会就是不给真爱机会。他问，你说的真爱到底是什么？她说，你不懂，告诉你也不懂。他问，真不真爱不是还得过日子？

过日子不就是一个锅里摸勺子，一个炕上滚个子？她咧咧嘴，十分罕见地露出笑模样，讽刺说：唯吃饭困觉是你这般男人的最高人生境界。他无话可说，只在心里不服：奶奶个猴，你倒是说说那个曲老师的人生最高境界是什么？是不吃不喝躺在炕上甜言蜜语，单把鸡巴闲起来当摆设？

大姚，给谁打电话呀？

他抬头看看，是薛姐朝自己走来，他赶紧站起来，讪讪地笑着，将手机收起。

肯定是给老婆打电话了，薛姐也笑眯眯，讲完了吗？

她不接。他如实说。

不接？

嗯。

薛姐支招：给她发短信。

不会。

学学嘛，也不是三篇文章两篇诗的，一学就会的。薛姐说。停停又说：要不，我教教你？

他摇摇头：我一笨人，一时半会儿学不会。

薛姐想想说：要有急事，我帮你发。

没想到薛姐会提这种提议，一时犹豫不决。

薛姐笑笑说：要没怕别人知道的隐私，也没啥要紧。有事说事嘛。

见薛姐真心想帮他，便把手机递给了薛姐。

薛姐说：你看着我操作，等发了这个短信，你也就会了，以后能自己发了。你把想说的意思讲讲，我拟出来。

他想了想说：也没啥，就是希望她能回心转意嘛。

薛姐不再言声，低头拟短信，拟好后让他过目，上写：亲爱的老婆，分别这么久，很是想念，热望你能回心转意，从今往后咱好好过日子。你的高潮。

看过后，他竟然红了脸，连连说，不行不行。

薛姐问哪儿不行？

他说：一前一后不行，太……

薛姐会意，笑说：总是你求人家呀，说点好听的哄哄。

他不语。

薛姐说这么发吧。

他点了下头。薛姐就按了键。

等了很久，也不见回复。薛姐叹口气说：油盐不进，怕是没戏了。停停又说：女人一变心，十头牛拉不回啊。

他心中的羞愧沮丧无以复加。

与薛姐分手，碰上了下班往外走的老陈。这段时间老陈很是友好，有次还借钱给他救急，也不催着要。都知道老陈办采购有“外快”,可谁也不觉得有什么不可以。老陈问要不要一块儿出去转转？他问去哪儿？老陈说找地儿吃夜宵去。他不解：刚吃了饭还吃夜宵？老陈意味深长笑笑，说，你个大姚，是真不懂啊还是装不懂？走吧走吧。

出了饭店，沿一条繁华马路前行，路两边的各式建筑灯火辉煌，中间车道如流火，构成一幅绚丽旖旎的景象。进城虽说时间不短，可很少迈出店门，特别是晚上，他没有真正观赏过都市的夜景。此刻置身其中，他感到五光十色的光束，犹同万箭穿身，疏通了全身滞淤已久的经络。他长长吁出口气。是啊，都市和乡村完全不是一回事，就说这夜晚，在家乡，当日头落山晚霞消退，山峦，道路，田地和房屋便完全沉没到无边无际的黑暗中，一切都像死去，人也一样。

便道上行人如梭，他怕走失般紧跟老陈身后，从一个路口右拐，又走了一会儿，来到一个街区小公园，林木遮挡了灯光，环境有些昏暗。他不由得心生疑窦，问老陈咋带他到这儿来呢？老陈说来吃夜宵啊。夜宵？老陈说往树下看看。哦，他看到了，是一些人三三两两在树底下走动，看不清面目，从身姿形体上能辨出是女人，他问：什么人？老陈：良家妇女。良家妇女？老陈说对。又说，良家妇女不容易的，别讨价还价呀。讨价还价？他脑子里噼啪一声响，晓得老陈说的吃夜宵就是找……顿时六神无主，他自知这码事从没涉足，那玩意儿像洗净了的萝卜干干净净，不能说不想，特别是老婆不许近身后，曾赌气来一把，现在这码事不声不响降到面前，他一阵发蒙，惶然不知所以。站在一旁的老陈坏笑着给他打气：阿米尔，冲！他仍犹豫着，老陈拍拍他的肩调笑说:老弟，别搞错了，这不是干坏事，是帮姐妹们的忙，做好事，姐妹家里正等米下锅哩。他想想也是，话糙理不糙，家里有吃有喝的谁会出来干这个？老陈似乎打定主意要拉他“下水”，继续鼓动:走，跟着我，爷们儿点，看上哪个就递上一支烟……

话没说完，老陈的手机响了，老陈“啊啊”着回应。他心里打个怔，想当不是老陈的女人从老家打来的？那女人神算，不早不晚，在自家男人要打别的女人“炮”时先打过来一横炮。是李领。扣了电话老陈说。

李领？他一惊，啥事？老陈嘟囔：这个庄胖子！净添乱。

老陈告诉他，庄胖子叫派出所扣了，要饭店去人把他领回，李领说店长不在，她也有事，叫我去一趟。

为啥扣了？

黑下到小区偷女人的内衣内裤，闻味儿，下作。

一路上，老陈仍耿耿于怀，不断数落着庄胖子的斑斑劣迹。说庄是在派出所挂了号的人物，有回找小姐给了假币，让人家举报，罚了五千块。

小姐举报？他吃惊问。

小姐不举报，别人怎么知道？结果小姐自己也受了处罚。老陈说。

不上算。他说。

不吃包子只为蒸口气，人有时候就是为口气。就说王立军举报薄熙来，还不就是忍不了那口气。老陈说。停停又下一结论：所以不能欺人太甚。

快到派出所时，见一辆闪着红灯鸣着警笛的警车开来，到门口停下，跳下车的警察从车上往下驱赶人犯，看模样都是农村人，他不由得心里一紧，想犯啥法了呢？懵懵懂懂跟在后面进派出所，无形中与犯人混成块。只听警察厉声喝道：面向墙壁，蹲下，抱头！人犯乖乖就范听命。你，还有你，那警察扬起手里的电棍在他眼前一晃：蹲下，抱头！他不晓警察是冲着谁，四下看看，警察上前一把抓住他的脖领，正要把他往犯人堆里推时，老陈从外面进来，见状赶紧解释，说误会了误会了，不是一伙的。那警察投去不信任的一瞥，仍不肯松手。这时另一个警察用脚踢踢蹲在地上的一个人犯的屁股，吆，你转过来看看是不是一伙的？那人犯转过来看了眼，点下头。警察问是不是？人犯说是。姚高潮又气又急，一时竟开不得口，情急之下，老陈倒有了招数，快速给李平拨了手机，三言两语说明情况，然后把手机递给警察，说我们饭店领导要同你讲话。警察皱皱眉头，还是接了，不耐烦地“嗯嗯啊啊”，那边怎么说听不见，可这边警察的口气和缓下来，说句那是误会了。说罢，一边把手机还给老陈，一边向揪姚高潮脖领的警察摆摆手。姚高潮得到了解脱，怨恨地向诬他的人犯质问：咱无怨无仇你凭啥害我？嫌疑人眨巴眨巴眼不答。那警察吆句：你说，为什么要诬陷他！那人犯嘟囔：俺寻思，一份罪，多一个人担，能轻些……警察忍不住咧嘴笑了，骂句你他妈真会寻思啊，有这么多弯弯心眼，还用得着犯法铤而走险吗？

于一场虚惊之后，老陈和姚高潮领回了也不啻“铤而走险”的庄胖子。

回到宿舍，姚高潮心绪难平，嘟囔句差点让老鳖咬了。小宋问怎么了，他就说了刚才这一段。小宋说，我看警察也是装糊涂，多抓人出政绩嘛。好了，抽棵烟压压惊吧。说着撂给他半盒中华烟。哪来的？小宋说是客人落在桌上的。他说谢谢。小宋说谢啥呢，白捡的。又说我发现你老哥越来越有修养了。他摇摇头，迫不及待抽出根点上，深深吸了一口，存在胸膛很久，才缓缓吐出来，感叹说，好烟孬烟就是不一样啊！小宋跟句，应该说有钱没钱就是不一样。他说：大实话，谁不知道。小宋说，这倒是，都知道钱的重要性，看电视上报的案子，杀人，抢劫，盗窃，诈骗，拐卖孩子，哪桩不是为钱财？还有打官司，朋友和朋友打，亲戚和亲戚打，兄弟和兄弟打，孩子和爹妈打，真是大水冲了龙王庙，一家人不认一家人。同样是为钱财房产、遗产什么的。想想，这个世界真让人心寒，活着一点意思没有，可也不能不活，活着又想活好，想活好只能想法弄钱。这就成了怪圈，现在中国人都在这个怪圈里转呀转，直到转晕转疯狂。姚高潮边抽烟边听，虽赞同却不免在心里嘀咕：这家伙建造幸福新生活连命都不惜，咋又突然悲观起来了呢？他附和句，不管咋的该活还得活呀。小宋说可不是。停停问句：大姚，上回你说老乡让你当假爹那事，你决定不干了吗？他说对。小宋又问：不后悔？他说不后悔。小宋说大姚，我想和你商量一下，你要真不干，就把这事让给我，行不行？他看着小宋，问这个能让？小宋说，能，反正是顶缸，是谁没啥两样。他想想也对，刚要点头，又觉不对，说，小宋你是快结婚的人，做这等事不是坑你对象吗？小宋连连摇头，说，我哪是坑她，是为她好。有了首付，把房买了把她早早接过来，再说我已经跟她说了，她不但没反对，还让我抓紧落实。他看看小宋的神情，不像在说谎，再想想把这事促成也算是帮了柳枝的忙，遂点了下头，说，哪天我把你的情况对人家说说，听听人家的意见。小宋说自然要听人家的意见，又说这事真成了，就……小宋做出点钱的手势。他说咱俩不来这个。小宋说，哪能，这是规矩。

第二天，他给柳条打电话，问顶缸的事解决了没有。柳条说没。他说店里有一个人挺合适，随之把小宋的情况加以介绍，柳条听听说，还可以，但这事得坐下来细说，最终还得曹总首肯，就等我电话吧。

看来柳条那边也急，很快便回了电话，说曹总同意见见，让他把“那个人”带到约定饭店。

小宋替自己和姚高潮编了个理由，向李平请了假，于中午前离开赶赴曹总的宴。路上，姚高潮难掩心中之疑，问小宋怎么很少见店长的面。小宋说，近些时间店长一直靠在总店的扩建上，他是淮扬楼公司焦老板的亲弟弟，打虎亲兄弟，所以要紧的事情得担起来，再说店里有李领打理，足可放心。他说我看大伙都听李领的。小宋说李领有能力，人也不错，听说不久会提拔为副店长。他点着头，又问：李领吃住在店里，她没有家吗？小宋说这个还真不晓得，她这人嘴严，很少对别人讲自己的事情。他不由记起李平批评自己随便泄露隐私的事，遂不再作声。

是一家粤菜馆。坐下后方知曹总本人没到场，柳条解释说曹总很忙，他妹妹身子不方便，所以……这事由公司法律顾问冯律师全权代理。冯律师是一个精干的中年人，还带了一个女助手，清秀苗条的小管律师。

冯律师就位以主人的身份说：其实我是很喜欢淮扬菜的，考虑到你们来自淮扬楼，所以今天请你们吃粤菜，淮扬菜别有风味，粤菜同样别有风味。姚高潮点头称是，心里却想在淮扬楼快一个月了，除了偷吃了一口还挨了李领的批，哪里吃过啥个“别有风味”的淮扬菜？不过能尝尝被那个酸文人称为商贾菜的粤菜也挺受用的。

上过茶。冯律师言归正传，说：按商界不成文规矩，喝了酒说话是不算数的，所以我们先把事情谈定，然后一醉方休。

柳条道：就是，就是。

姚高潮、小宋点点头。

冯律师呷口茶，抽张餐纸擦擦嘴唇，又咳一声，给人的感觉是要隆重开讲了。他说：我先总体上说说这件事，坦率地说从法律层面上看，发生在曹总与柳小姐身上的事，人们会有说辞，于道德层面也确乎如此。我要说的是：一，这事发生在曹总身上，应该具有某种合理性与必然性。二，曹总对这件事的处理是令人称颂的。先说一，曹总的妻子生不了儿子，对于像曹总这样家大业大的家族企业来说，这是难以接受的，后继无人嘛。要在旧社会，可以娶妾解决，二房解决不了，可以三房甚至四房。可现在是新社会，此路不通。今天现成的办法是离婚另娶，但曹总是有情有义的人，不忍背弃糟糠之妻。事实上曹总一度断了求子的心念，一心培养女儿在未来接班。然而世界上的许多事不以人的意志为转移，正这时曹总邂逅了柳经理进城打工的妹妹，也就是柳枝小姐。两人曾是校友，一起在老家完小读书，当然了，曹总是高年级，柳枝小姐是低年级。不夸张说，柳枝小姐从小就是个美人坯子，人见人爱，自然也包括曹总在内了。当时他不敢有非分之想，而柳枝小姐的倩影却一直印在脑海里，伴随着半生行走江湖，多年后再聚首，这是真正的缘分。缘分加爱情是无可抵挡的，发生什么事都是题中之意。反过来再从总体上说，曹总为了责任不与妻子离婚，为了爱情与柳枝小姐走到一起，两全其美，足以证明曹总是一名当下社会难觅的优秀精英。作为律师与曹总的朋友，我完全被曹总的人格魅力所征服，心悦诚服地为他做事。我说得没错吧，柳经理？

柳枝频频点头，说冯律师是曹总非常信任的铁哥们儿。

冯律师说：对，我们是铁哥们儿。相信这件事圆满解决后大家都会成为铁哥们儿。

姚高潮和小宋只有点头的份。

务完“虚”，开始对实际的“合作”条款进行拟定，达成一条，小管律师在手提电脑上形成文字。而这时姚高潮走神了，不是因为事不关己，而是冯律师所讲曹总与柳枝的爱情勾起了自己对往事的回忆：他在读初中时倒真是喜欢上同班一个叫曹美娥（也姓曹）的女生，可以说无时无刻不在想着曹美娥，觉得今生如能将曹美娥娶到手，就是世上最幸福的人。最终没能成为最幸福的人，原因很多，最重要的是家里穷，人穷志短，没勇气向曹美娥表白。毕业后他关注着曹美娥的情况。后来听说她进城了，再后来又听说和一个城里人结了婚，这才渐断念想。而曹与柳枝的事深深触动了他的心：同样是农村出身的曹，只因为发达了有钱了，就能理直气壮地寻找柳枝变旧爱为新爱，要换成自己碰上曹美娥，她会答应跟自己好吗？不会，不会，连跟自己成了亲的丁燕都要离开，又何况别的女人？有句话叫钱能解决的问题就不是问题，真是不假。那天，大堂里的电视播放一部电视剧，名叫《爱的秘方》，当时想，爱情就是爱情，能有啥秘方，现在想来是有秘方的，就是钱啊。这一刹那，他晓悟到李爱萍（包括领班李平）力促自己留在城里的用意所在了。

饭前草拟了一份“合作”协议。又在酒店商务中心打印出来，只等曹总过目后双方签字生效。

粤菜的口味偏甜，姚高潮却吃出了苦涩的味道。

十二

很快，发生了一桩对姚高潮影响至深的事，也让他始料不及。早晨起床发现枕边的手机不见了，找了几圈没找到，问小宋，小宋说没见，把自己的手机递过去，说震震。他拨了自己的手机号码，响了一阵铃，一个女人接听，他惊了一跳：你，你是谁？女人：我是谁？你可真好记性啊。说毕扣了电话，他赶紧再拨过去，已关机。他擎着手机自言自语：怪哩，怪哩。小宋帮他分析：想想，昨晚回来打过电话没有？他说给我爹打过，让他往鱼塘里放水。再呢？再就睡了。小宋说这逻辑上说不通。

一上午，脑子里尽装着这事，问号一个接一个：这个女人是谁？认识的还是不认识的？手机咋到她手里了？她会昧下？那破手机根本不值钱，值当的？

员工开饭时，他到吧台用座机拨了手机号码，通了，同一时间他听到饭厅里响起振铃，见一女员工在接听，啊，薛姐！他几乎喊出声来，赶紧扣死电话。

吃饭时他不敢向薛姐那边看，只反复在心里嘀咕：怎么是薛姐？薛姐她……

饭后是员工短暂休息时间，人陆续从餐厅散去，这时他听到吧台小孙呼喊：有丢手机的到吧台来领。他奔过去，却已不见薛姐的踪影。

他急于见到薛姐，赶紧把事情弄清楚，可想想又觉得不妥，如能当面说事，薛姐也不会让吧台转。他踱到一僻静处拨了薛姐的手机，关机。他心里一阵委屈，想怎么满世界的女人都不接自己的电话呢？丁燕、李爱萍，又加了个薛小英。烦闷了一阵子，心想不是可以发短信么？这一招正是薛姐所教。

他很快拟了一条:薛姐，倒底是咋回事呢？我不明白。

薛姐很快回了：咋回事，我更不明白。

你不明白啥呢？

不明白黑下闯进我家，天亮就不记得了。

我去你家了？

没去，手机自己跑到我家了？

他打个愣怔，眼盯着机屏像要把字倒过来看，而后脑里轰地一声响，连连在心里叫:该死！该死！真该死！

他快拟快发：薛姐，实在对不起，我不是有意的，是这么回事，我，我梦游……

你说啥呢？

我梦游。

薛姐再没回。

真摊上大事了，春晚小品里的一句台词响在耳畔。他反复想：只去了薛姐家一遭，黑下咋就摸去了呢？去了又怎样了呢？干了些啥？这个自己不清楚，薛姐她是清楚的……

下班回到宿舍，他把这件糟乱事如实讲给小宋听，让小宋帮他理理头绪，拿个章程。小宋听了半晌不说话，后问：你真的什么也记不住了？

他苦着脸说，可不？

小宋颇觉新奇问：游出去，不知道到了哪里，干了些啥？

他摇摇头，说，糟糕就糟糕在这里。

小宋问：这病是怎么得上的呢？

他说：我不晓得别人，只晓得自己是遗传。从老辈一代一代往下传。

小宋觉得不可思议。

他说：这事说起来像滑稽剧。有一年，对了，就是饿肚子那年，要过年了，家里把留在囤子底下的一点点麦子磨了面，可第二天发现白面没了，哪儿也找不着了，怀疑是邻居偷去了。去问，人家说黑下听见俺家有闹腾声，便趴在墙头看，只见一家人在忙活着做饭，分工合作：俺婆婆在锅上烙白面饼；俺爷爷灶下烧火，把风箱拉得呱呱响；我爹小，管着去厢房拿柴草……

小宋急不可耐问：是真的？

他说是真的。

小宋问：一块儿把饭做吃了，一家人都不知道？

他说可不是的。

小宋险些笑岔了气。

他无奈地摇着头说：想想对老祖先一肚子意见，田产没给子孙留下，单留下这么个丢人现眼的怪病。

小宋说，要是游出去惹是生非就有麻烦了。

他说，可不是，有一年我大伯半夜偷人家的苞米棒子，天亮让人发现，好揍一顿，日怪，一揍倒把病给揍好了，再没犯。

小宋惊讶地问：真的？

他说可不是真的。

小宋忽然想起什么，说，对了，前几天看早报，上面说有人的头脑受了重伤，一下子变得聪明起来，原来不会做的事会做了，原来记忆模糊的事变得清晰了，也许道理就在这里。

他拍了一下手说：你再发现我往外游就揍我一顿，争取把病揍好。

小宋哈哈大笑，说，行啊，揍。到时候，你可别说我侵犯人权。

他苦笑笑，说，没事，谁叫咱得了个欠揍的病呢。

十三

这晚姚高潮负责的雅间没上客，就有了空闲，想到外面买盒烟。走到大堂，见小陶从一个雅间急急奔出，问他见没见李领。他说没见，咋啦？小陶说上回那伙刁客找茬来了。说毕又去别处寻李平。小陶说的事他是清楚的，完全是刁客无理，喝高了，牛皮哄哄，要店长去敬酒。而那天店长去了总店，领班李平去敬了一杯酒，不想这伙人又要求李平陪全程。李平婉拒离开，这伙人就认为不给面子，骂骂咧咧走了，临出门丢句走着瞧。他想这伙人就为寻事而来。他不放心李平，就没去买烟，等在那儿。不一会儿，李平随着小陶径直进了闹事客人的雅间，他想跟进去，又觉不妥，仍站在那里。过会儿小陶出来了，他赶紧拦住问情况。小陶说，那伙人说菜里吃出了苍蝇，王八蛋，肯定是自己带来的。他相信小陶所说，因这种事时有发生，要想找店家的麻烦，这招最损也最便利，而店家却有口难辩。恼恨间，他突然想到曾听过的一个应对的“反招”，便大步进到雅间，扫了一眼寻事客人，问苍蝇在哪里？客人先怔了一下，其中一个胖客指指桌上那盘油麦菜，说句掌眼。其实不用掌眼，他也看见了在菜茎上卧着一只苍蝇，货真价实，他走过伸手捏起苍蝇瞄瞄，说这哪是苍蝇啊，是炒煳了的葱花嘛。说着，一抬手，把“葱花”丢进了嘴里。这当儿，所有人一齐目瞪口呆，辨不清片刻间发生了什么事，那个让他“掌眼”的胖客脸上的表情更是瞬息万变，让人担心随时会爆发，而最终却出人意料地咧嘴笑了，哼声说老套路不新鲜。他反句你也是不新鲜的老套路。胖客哑了一会儿，后解嘲说，我认了，看差了，是葱花，误会了误会了，哈哈哈……

哈哈哈……

走出雅间，李平脸上也绽出笑意，柔声说句：谢谢你大姚，你行了，真的行了。

他明白，李平是说自己进步了。她的夸奖让他欣慰。

下班后，他急匆匆奔出店门，来到对面三角小花园等薛姐，薛姐对自己有气是肯定的，即使她不想见，自已也得找她当面谈谈，说明自己的所作所为皆因那该死的病……望她原谅。不过……这一瞬间他的头脑陡然来了个翻转，想到事情不妙的另一层：假若真如小宋所说薛姐对自己有意在先，那么自己的这种解释岂不更能刺伤薛姐的心？是对薛姐的亵渎，这是断断不可的。于是便赶紧开动脑筋斟酌与薛姐见面后的新说辞。

隐于树下暗处，他两眼紧盯店大门口，从熙熙攘攘出店门的员工中寻觅，却一直不见薛姐那熟悉的身影，直到大门口清冷下来，心想，莫非薛姐出来得比自己早，已经回家了？那么自己能直接去她家里找吗？不行的。失落间他看见陈师傅单枪匹马出了店门，从前进的方向他能猜到老陈当是要去吃夜宵了，只是不晓上回被庄胖子把事搅黄，这回去是不是头一遭。老陈越过马路后，眼向四处扫了扫，他赶紧把身子再往树丛深处挪挪，他害怕让老陈看见还像上回那样拉上自己。不为别的，单冲着薛姐也不能干这码事。

十四

淮扬楼迎来了十年店庆，恰这时姚高潮的试用期满。对于走与留，他还没打定主意。原因嘛，一是与丁燕的事悬而未决，再是与那个李爱萍一直没见上面。由于事情捆绑在一起，她的态度关乎自己下一步棋，必须向她讨个说法。而这时李平对他倒没有什么建议，一副悉听尊便的样子，他觉得有些反常，心中不免有些失落。

十年一大庆。淮扬楼公司尤为重视，停业一天，为了让员工玩尽兴，包下一高档娱乐城。又要求员工着装整洁，注意仪表，以展“淮扬楼人”风采。在小宋的怂恿下，姚高潮戴上了那顶捡来的鸭舌帽。当来到乘车集合点——饭店大门口，所有人都刮目相看，大夸其酷，他不免有些得意。

后面的事情则具有某种传奇性。在娱乐城布置舞台时，姚高潮与另外几个男员工被指派去抬一架钢琴，完事往台下走，发现一个衣着光鲜派头十足的男人盯着他看，看得他有些慌。刚想快步离开，却被那男人喊住：你，你，你过来。

他停下脚，迟疑着，后一步一步走到那人跟前，这时李平从不远处走过来，说这是公司焦总。他向焦总鞠个躬道声焦总好。焦总面带笑容，仍上上下下打量个不停，说：好，好，气宇不凡虎虎生威啊。又转向李平：他到公司多久了？李平说一个月。焦总点点头，又问姚高潮文化程度。他说高中。焦总笑说比我高啊，有什么特长？李平抢先说：最大的特长是对工作认真负责。接着将不久前那桩“葱花”事件讲了。焦总大悦，说，这就不单是认真负责，而是对公司无比忠诚啊，难得难得。想想又问：身上有没有点功夫？他如实相禀，说：曾跟小学体育老师学过螳螂拳，不过上中学就断了。焦总频频点头，后转向李平说，这遭我要挖你墙脚了，这个人，我要了。李平笑而不语。焦总又说，明天就叫他到总公司，找我。李平对他说：老板提携……他赶紧接口，说多谢焦总的关怀。焦总亲切地抬手给他整整帽子，又拍拍他的肩。

焦总离去，他一时间竟觉得有些晕眩。不由得想，当不是梦游吧？他暗自掐掐腿，还疼。

李平的眉眼都在笑，说句：淮扬楼店庆志喜，对你，也是一喜啊。

他想到“咸鱼翻身”这个成语，问自己：命运改变只在一瞬间？

庆典活动搞得有声有色。一项接一项，重头戏自然是焦总致辞，回顾公司十年光辉历程。而后便是众所期待的文艺演出。虽说没请什么明星大腕，但草根男女歌手个顶个才艺不凡，一亮嗓便是《青藏高原》或《我的太阳》，让人由衷感到中华大地人才济济。当是清楚这是大众化娱乐演出，演出完全放开，不时“耍宝”，逗得全场哄笑。有的在演唱中随机更改歌词，与现场互动。如男女二重唱《太阳出来喜洋洋》就把原词：太阳出来啰儿，喜洋洋哎啷啰，挑起扁担啷啷采光采，上山岗吆啰啰。唱成：太阳出来啰儿，喜洋洋哎啷啰，挑起那铺盖啷啷采光采，奔淮阳哎——果然取得如期效果，台下群情激昂，随歌手吆唱：奔淮阳哎噢，奔淮阳哎噢——姚高潮特意朝领导席看看，只见焦总等公司头头兴奋异常，双手举过头顶鼓掌。这瞬间，姚高潮被深深感染，再联想到适才焦总对自己的赏识与许诺，更感心潮涌动，精神抖擞。

店庆结束，姚高潮意犹未尽，油然想到那天小宋邀他一起去湛山寺烧香许愿，说很灵。他觉得自己到了该烧香时候了。他从散场的人群中找到小宋，对他说了焦总提携的事，所以想去湛山寺烧烧香。小宋边点头边说，让焦总看上不犯轻易，烧香是应该的，而且要烧高香。

只是事不如愿，因堵车，赶到湛山寺天已暗下，寺门紧闭，里面正开斋饭。

姚高潮被公司任命为“清障”队队长，属中层，可谓平步青云。而对于私营公司，这种破格升迁无须走程序，只凭老板一句话，没什么可大惊小怪。

后来姚高潮知道，淮扬楼股份有限公司是一家综合公司，除经营传统淮扬菜馆，还有房地产，食品，药品及汽车出租等，街上跑的“华民”出租车便是公司所经营。他自己所在的清障队隶属于“淮扬楼”总店。总店要在旁边进行扩建，规划、设计、拆迁一揽子事体都已完成，只等择日开工。正这时，城中村的坐地户节外生枝，说被拆的毕家祠堂没给予应有的补偿，祠堂为族产，家家有份，原先只顾自家的补偿，把共有的族产忽略了，要求补偿此项。由于利益共享，全体坐地户同仇敌忾，以决一死战的姿态与公司抗争，不能说没有道理。但鉴于合同已签，再给一份补偿，公司不情愿，故没有答应。在此情况下，坐地户为增加取胜砝码，欲在原址重建祠堂。公司意识到事态的严峻，一旦建成，既成事实，事情就复杂化，故专门成立了“清障”队来应对。姚高潮来前，已有一个姓常的副队长和十余名从各店“征”来的青壮员工，在这里据守工地，不允许任何人近前。

事情僵持着，剑拔弩张。而对于新任队长姚高潮，心里虽忐忑，却澎湃着“天降大任于斯人”的豪迈情怀，特别是清障队的商务面包车一早一晚接送（总店暂时腾不出宿舍），坐在车上他端的有一种贴地面飞的感觉。

十五

这天午后，姚高潮正在停于工地边上的面包车里休息，小宋打来了电话，说他的对象小马从烟台来了。他明白小宋的意思，前些天为此曾铺垫过，对他讲小马要来了，到时就撵“佃户”（赶跑）。他没表态，不想已事到临头，他说小宋我……而不等他把话说全乎，小宋已替他拿了章程，说，姚哥，我掏心窝子跟你讲，薛姐这人真不错，你走后不时向我打听你的情况，不是一般的惦记。当然你别误会，我不是为让你倒地方才这么说，不是，我还没这么自私，我是说薛姐对你有心，你也该有意才是，投桃报李嘛。你说上回去她家，她提前把全家福照片翻过去，用意就很清楚嘛……

他一直听着想着，后说句，小宋我知道了。扣了电话，心想，就是小马不来，怕自己也是按捺不住要去找薛姐的……

站在暗影里等薛姐下班回家，等待中姚高潮的心一直在咚咚敲鼓，拿不准薛姐今番会怎样？是像小宋分析的那样吗？当然这很大程度取决于上回“游”到她家所发生的状况，上了薛姐的身是一回事，没上又是一回事，这个薛是清楚的，而自己则完全糊涂。总之，他的心忐忑不安。

奇异的是这一刻竟然想到老婆丁燕——那个执意弃他而去的女人，怅怅的有一种说不出来的滋味。

薛姐的身影出现在视野中，昏暗中迈着急促而轻快的脚步走来，在门前站下，开了门，闪身进去，门从身后关了。

他像要攒足力气般凝神片刻，然后一步一步迈到薛姐屋门前，像怕吓着薛姐似的用指关节轻轻敲敲门。

谁呀？薛姐的声音透出警觉。

我，大姚，姚高潮啊。他全方位回答，只怕里面的人对不上号。

屋里静默了许久方出声：你来干吗，是不是又梦游了？

没，没，这遭是真的。急切中词不达意。

没梦游，你来做啥？

来，来找你……

门开了，灯光从薛姐身后射出来，刺得他眯起眼，也就在这一刻，他像被魔鬼附身，抢先一步，不由分说将薛姐搂抱住，拥进门去紧箍着不松。

关门，关门！薛姐说。

门是用脚后跟蹬上的，接着把薛姐抱起，走前几步放在床上。

你疯了，疯了！薛姐张眼看着他低声说，半卧在床上不动。

而紧要关头，他却停摆了，木桩般立在床前不动。

久了，忘了，不会了……他嗫嚅着，眼里闪动着怯懦的光。

大姚，啥个忘了，不会了？薛姐弄不懂他胡乱八糟的话。

就是干……干事嘛。

薛姐眨巴眨巴眼，扑哧笑了，说，这个呀，乱讲，我对你说，你没忘，你会，行着哩。

你，你咋知道？

就知道，薛姐面呈得意，我不知道谁知道。

即使再愚笨他也能听出几分，心想，一定是上回来和她把事做了，一切顺利，才得到薛姐的肯定。

这事就是这样：觉得行就行，觉得不行就不行。接下来，姚高潮以实际行动验证了薛姐的话并非妄语，干柴烈火，烧得噼噼啪啪。说起来，薛姐也算是个幽默有趣的人，“忙活”中不忘逗他：要，要……他已被胜利冲昏头脑：要啥？快说要啥？薛姐变声：要，要高潮呀！他赶紧说：我在嘛，在嘛……我永远和你在一起。

当是这句话勾起了薛姐的心事，完事后抽泣起来。姚高潮有些慌，搂着她问：咋的啦？不是好好的吗？

好，好个啥，薛姐从他怀里挣脱，依旧哭泣，挺着，挺着，到头来还是……唔唔唔，俺对不起孩他爹呀……

他无言以对，心也顿时沉重起来。小宋曾对他讲过薛姐的家庭，他男人是瓦工，在小孩出生那年到城里打工，没过多久便发生工伤，腿残了，回去了，换成薛姐出来挣钱养家……

我，我不好……他检讨说。

你以为你是个好人吗？坏着哩。

对不起，对不起。他低声说，坐起身。

你，你想咋？薛姐停住哭，问。

我走……

你敢！薛姐打他一下，随后把他拉到自己怀里，叹口气说：咱这号人，贱得连“对不起”都没资格说啊……

他的心里一阵酸楚。想薛姐是个心情如水的女人，可是……也就在这一刻，他油然生出与丁燕分手的心念，尽管他清楚薛姐不会离婚抛夫弃子。

十六

工地上的事态一直僵持着，公司与坐地户像在进行一场“顶牛”比赛，谁都不肯退缩。同时双方也都清楚，僵持只是暂时的，随着工期的临近，一场大较量迫在眉睫。

公司给出的底线是决不能让对方把祠堂盖起来，须日夜严密监视。姚高潮就把人员两班倒，他与常副队长一人带一班，据守工地。如同激战前的沉寂，起初对方没太大动静，只是派人特工样远远向工地窥望。过了些时日，开始向工地边搬运建筑材料，意图不言自明。情况报与公司，公司进一步明示：决不退缩，他们盖我们拆，决不能让他们的目的得逞。一时间气氛紧张，人心惶惶，不晓后面有什么事情发生……

这天，姚高潮当班，接到小宋的未婚妻小马的电话，摒着哭声说，小宋的眼突然模糊了，看不清东西了，刚把他送进医院。他说我马上去。

赶到医院，医生已做过诊断，“好看的”小马正扶着小宋往外走，迎面走来小宋果然看不见他，他帮着把小宋扶到走廊的一张长椅上坐下。已成“睁眼瞎”的小宋满脸沮丧口吐悲声：“姚哥，我完了。”他不知该怎么安慰他，对于一个到这般天地的人，任何安慰都是徒劳的。他只是问小马医生怎么说。小马说病因不明，要做CT。他问啥时做？小马说等通知。他说先住上院吧。小马说，医生说没床位。他问啥时能住上？小马说等通知。他愤愤说，急病是不能拖的呀！小宋就让小马直接到住院处问问情况，小马说好。小马的脚步声刚一消失，小宋哭了起来，说，趁小马不在，我同你讲，我猜到眼是怎么回事的。他问怎么回事？小宋说吃药吃的。他问你不是说没有问题吗？小宋说，开始是在一家医院吃药，后来想多赚点钱，又在另外两家吃，一定是混合吃，吃出事来了，聪明反被聪明误，我自己完蛋了，还坑了小马。他说，你先别胡思乱想，等医生的结论。小宋悲切说，我心里清楚，等不等结论都一样。

姚高潮用自己过来时坐的面包车送小宋回宿舍。路上，小宋突然变得絮叨起来，说，路遥知马力，日久见人心，姚哥咱虽然认识不久，可我断定你是个好人，好人就有好报，这不，你刚来一个月就有了机会，就上位，我断定你会越来越好的。姚哥，努力啊！为我们这样的人争气。

他心里一酸，险些流下泪。

他给李平打了电话，讲了小宋的情况。车到饭店门口，李平已带人等在那里，一齐把小宋送进宿舍。临走，李平安慰小宋，说他是淮扬楼的员工，单位会为他负责的。还关照小马好好照顾小宋。小马连连点头。

回到大堂，李平把姚高潮叫到沙发坐下，这里是与李平头遭见面的地场，虽只一个多月时间，他却有隔世之感。他本以为李平会问他和薛姐的事（她应该知道），可不是，她问他近来的情况，他讲了讲。她沉思了片刻，说句好自为之，最要紧的是别惹出是非。他点头称是。李平又转话题，说，当初你一来就找李爱萍，到现在也没见上，还想不想见了？他想了想，说不用了。李平说原先那么急着见，怎么又不愿见了？他说，原先是原先，现在是现在。李平问现在怎么？他说，我已经给丁燕发了短信，同意离婚，这事就和李爱萍没了关系。李平点点头说，对你讲，李爱萍已经与曲老师离婚了。他惊讶地看看李平，问啥时侯？李平说，就在你刚来的时候。

他“啊”了声。说，她讲不方便见我，原来是忙这事。停停又说：她这人心眼好啊，自己倒霉时还帮我，还有你，我得好好谢谢你俩。李平笑笑说，彼此彼此，你也帮了我嘛。他问我帮你啥了？李平说，吃“葱花”呀。这一说，他倒是记起来了，说这算啥呀。李平说，怎么不算？化解了一场危机呀，否则那伙人还不知要闹到啥地步。他连连摇头，说，这真的不算啥，庄稼人吃饭，哪盆菜都不敢保证没苍蝇，眼不见为净罢了。李平说，可你是明知是什么吃的呀，单为这事我就得请你，哪天到总店要个包间，吃淮扬菜，正儿八经品品滋味儿。他不由得想到，刚来时偷吃客人剩菜李平训他的那一幕，不由得红了脸。他说，要请也必须我来请，李爱萍也一起，没有你俩，就没有我的今天。李平眼里闪着亮亮的光彩，问句：要是李爱萍和我只请一个，你会请谁呢？他打个怔，没想到李平会问这么个怪问题，一时竟不知该怎么回答。

想好了就给我打电话哟。李平盈盈笑着站起身。

难道？望着李平渐远的背影，他似乎意识到……

十七

醒来时薛姐已离家。临近中秋，面案日夜兼程制作月饼，以大赚一把。薛姐就是不折不扣的早出晚归了。不过再怎么忙，两人的“那”事并没闲下来，薛姐有些“贪”，恰恰使姚高潮得到一种在丁燕那里没有得到的异样感受。像庄稼人遇到了好地，愈发下力耕种，“活路”亦渐入佳境，只是都清楚再怎么也是“苟且”，总有种难言的哀伤……

刚起床接到小宋的电话，听声音似有些故作轻松，说虽然医生无法断定病因（他自己坚信是药的事），但已明确表示医治无方，只能静养以观其变。这样他就不能在这座自己和小马都十分喜欢的城市继续待下去了，要回烟台老家。姚高潮听得眼有些湿。小宋又再次表示了对他的感谢，特别对那桩“充当人父”的事，说，姚哥给了他这么好的赚钱机会，无法得到是自己没这个福分呐。他又劝说姚哥把这事“接”回去，自己干，说，现在满世界的人都变着法儿弄不义之财，咱不偷不抢，无非给人当一回爹，委实算不上什么啊。他的心不由得一动，觉得这块“肉”，不吃有点可惜。他问句小宋你回去打算怎样生活？小宋说，我和小马商量了，学盲文，学推拿按摩，学成租一个门脸干，不是有句话叫老天爷饿不死没眼的老鸦嘛。他听得又一阵心酸，试探问句：

小马同意？小宋说，她同意，本来我让她离开我，可她坚决不同意。你知道吗姚哥，老天爷把小马给了我，是我这辈子最大的福，我别无他求。他连连称是，说，我能和小马讲几句话吗？小宋说当然可以。不一会儿小马的声音就响在耳畔：姚哥，小宋一直都非常感谢你，也包括我。这年头人和人不亲，可你对我们……没说的。他连忙说，没有没有，我没帮什么忙，也没这个能力，不过，以后要是有用得着我的地方，就来电话。小马说一定一定。他静默了一会儿，然后像寻求证实又像为她鼓劲问句：小马，小宋说你对他不离不弃……小马打断了他，说，姚哥我知道你想说什么，这么说吧，以前不是有句口号叫“我为人人，人人为我”吗。现在这口号作废了，我把它改改，叫“小宋为我，我为小宋”，小宋是个好人，遇上他，也是我的福分啊……

他一边咀嚼着薛姐给他留在锅里的饭菜，一边回味着刚才小马说的一番话，别样滋味在心头。

这时手机响了，是面包车司机赵勇，声音透着急躁：姚队，打你手机一直占线，我正往你家赶，一会儿就到。他的心跳了一下，意识到工地发生了情况。果然被赵勇后面的话所证实：晚上下雨，咱们的人撤了。早晨去一看，新祠堂拔地四五尺高了。他一惊，赶紧问常副队长呢？他值班啊。赵勇说常队拉肚子，去医院了，“上面”叫你去处理。

他愣了半晌，头脑却异常清醒：是福不是祸，是祸躲不过。担心的事情终于来到面前，且知凶多吉少。上面叫自己去处理，这没说的，自己是“清障”队队长，完全是分内的事。问题不在这里，在于上面给出的底线是绝不允许这个“非法”建筑物的存在，强拆不商量。而对方既然盖了，决不会眼看着你拆，双方势必发生强烈冲突甚至斗殴，无论城乡，此类冲突导致的死伤案件层出不穷，前有车后有辙，后果不堪设想。想到这，他不禁打个寒噤。

但这事自己能回避吗？他无须多想，便暗自摇了摇头，遇事当缩头乌龟，无论怎么说都是不可以的，连自己都瞧不起，何况老板待自己不薄，有知遇之恩。自古便有“养兵千日，用兵一时”一说，而自己也想望能抓住一切机会……说到底风险与机遇并存。他想起那回把小宋当试药员的事告诉了柳条，柳条竟持赞赏的态度，说，不是有首歌叫《爱拼才会赢》吗？又说，人啊，一旦心里有了大目标，就像打开了潘多拉魔盒，身不由己了。他想：此刻的自己是否也是这个样子……

这时赵勇赶到，一进屋便催命似的吆：姚队，火速，火速……上头说……

上头？他略略一怔，上头是谁？老板？店长？

不晓得，反正是公司领导……

咋讲？

就是事关重大，决不能手软，一定给他们个颜色看看。

颜色？他似乎看到一片血红。

他说，小赵你到外面等等，我处理一下。

他先给薛姐打电话，刚要按键又住手，想想从口袋掏出门钥匙放在桌上。再想想，又从口袋掏出一摞大票，这是刚到手的工资及奖金，他一直想送薛姐件礼物，而此去生死未卜，也许不再有见面机会，让她自己选一样买吧。他走到床边，将钱悉数压在薛姐的枕头底下，后大步出门，大有壮士一去不复返之状。

面包车载着他在清晨的街道上奔跑。日头还未从高楼后面升起，道路通畅。赵勇侧目看看他，说，姚队你戴鸭舌帽平添了七分威武啊。他没吱声。赵勇又说：我们那里把这叫前进帽，戴的人都不一般。你也不一般。他还没吱声。小赵又侧目看看他，说，姚队你这人不错，够哥们儿，我对你讲，动起手来，别往前靠，战场上当官的都在指挥所指挥，过会儿咱这车就是指挥所……他感激地看看赵勇，可他心里清楚，自己是“姚队”，无论在哪儿“指挥”，出了事都是逃不了干系的。他长长叹了一口气。

许是为了缓和一下气氛，赵勇打开了车上的音响，立时一苍凉沙哑的男声从音箱溢出，他有一搭无一搭地听着，心倏地被碰撞了一下，问：谁？刀郎。

……

世界总是那么多变，
总是把握不住一点两点，
理想仿佛在逃，
你驾着两腿奔跑。

谁曾在乎我，
寂寥，孤独，落寞，
谁曾放手执着，
这世界充满诱惑，
啊，和梦不一样，这是我真正所想。

哦，天堂原来你就在身旁……

甚是不谐，这一瞬，姚高潮的面前竟跳出一个女人的倩影，哦，不是薛姐，也不是李平，更不是丁燕，而是那个曾占据他少年心的纯美女生曹美娥……

赘 语

就在姚高潮匆匆赶往工地“清障”这一时间段，本市电视新闻报道了两桩有关社会治安的案件。案件时时有，不新鲜，在此提及只因他与这二案的人犯俱谋过面。一桩是他被老陈拉去“宵夜”的那一晚，在派出所碰上（又险被诬陷）的盗窃旅游大巴团伙，经审理，法院作出了判决，六人分别被判处二至四年刑期，即刻发往监狱服刑。另一桩是当天清晨警方抓获了一名入室盗窃犯，其本人交代，他进城后一直靠打零工谋生，因活计难找打算回乡，发现凑不足盘缠，临时起意做了一案，不想正应验了那句“别伸手，伸手必被捉”的话，被逮个正着。虽然刚被抓获，现身电视屏幕的“郭某”已经被剃了光头，穿上了橘红色犯人背心。自然了，匆赴公务的姚不可能看到该电视画面，不过，假如他能看到的话，一定会认出该“郭某”正是他在“人市”曾与其搭讪过的被他在心里叫着“强人”的壮汉子……

是的，他看不到，他，在路上。